ACTES SUD – PAPIERS
Éditorial : Claire David

Illustration de couverture : © akg-images / Interfoto / Sammlung Rauch

ISSN 0298-0592
ISBN 978-2-330-07246-9

VERTIGES

Nasser Djemaï

ACTES SUD - PAPIERS

NOTE DE L'AUTEUR

Vertiges est une montée de fièvre, sans doute une infection oubliée dans les abîmes de l'histoire. Plongé au cœur d'une cité, dans un microcosme familial, notre regard observe cette inéluctable montée de température, jusqu'à la destruction et la délivrance.

Les images recèlent leur lot de fantasmes. Aussi réalistes qu'elles puissent paraître, elles maintiennent une part de faux-semblant. Ces images silencieuses parlent maladroitement d'une réalité qui constitue pourtant le quotidien de ces familles devenues françaises pour des raisons oubliées.

L'une d'elles a décidé d'ouvrir ses portes. Elle se présente comme le porte-parole d'une situation sociale on ne peut plus concrète. Elle offre par ce geste la symbolisation d'une méprise. Les interprétations péjoratives et caduques sont légion. Qui sont ces individus portant le sceau d'une faillite sociale ? N'y a-t-il dans leur existence que maladresse et bassesse ? Faut-il embellir les choses pour supporter le regard ? Les enfants de la défaite portent au fond de leur âme toutes ces interrogations : en effet, que transmettre de glorieux ? Quel regard sur ses parents ? Comment participer à l'écriture de notre roman national, éviter la place assignée uniquement aux chapitres de la violence, de la terreur ou de l'échec ? Comment se projeter vers un avenir qui appartiendrait aux enfants de la terre d'accueil et non aux enfants de la honte ?

L'imaginaire que cette famille tente de consolider n'est pas le sien propre, il appartient à toute conscience collective digne de ce nom. Cette tribu restant unie dans les tourments, se renforçant au fil des oppositions et qui finit toujours par rester soudée, c'est l'image de la patrie qui se tient à ses racines, qui les examine pour mieux saisir son identité.

Cette fable, proposée à travers *Vertiges*, consiste simplement à prendre place dans la vie de cette famille, une famille orpheline de sa propre histoire, essayant de colmater les fissures d'un navire en plein naufrage. Elle fait mine d'ignorer le spectateur car elle sait qu'il saura comprendre. Elle ne veut rien lui expliquer, elle veut simplement continuer à exister, c'est-à-dire continuer cette quête du sens, cette quête de soi, dans un monde en pleine mutation.

Car il y avait là quelque chose qui se taisait et qui donne un sens à l'ensemble. Ce quelque chose, c'est la vie qui n'est vie que parce qu'elle est amour. La liberté de continuer à dire : je t'aime. Sans jamais souffler un traître mot de tout cet amour. Cette force profonde, capable de plonger dans les entrailles de la honte, du silence, capable de percer ces poches d'infection et éliminer ces abcès d'incompréhension. Cette force nécessaire pour comprendre enfin qu'il n'y a rien à rattraper, rien à rétablir, rien à racheter, rien à justifier, rien à regretter, qu'il s'agit maintenant de réinventer une nouvelle époque, un nouveau monde, sans doute une nouvelle religion ?

Septembre 2016.

Pour mon fils Gabriel.

Le présent nous étouffe et déchire les identités. C'est pourquoi je ne trouverai mon moi véritable que demain, lorsque je pourrai dire et écrire autre chose. L'identité n'est pas un héritage, mais une création. Elle nous crée, et nous la créons constamment. J'essaie d'élever l'espoir comme on élève un enfant. Pour être ce que je veux, et non ce que l'on veut que je sois.

MAHMOUD DARWICH

PERSONNAGES

Nadir
Le père
La mère
Mina
Hakim
La voisine

— 1 —

La voisine entre dans l'appartement, elle porte un seau d'eau, le pose, plonge ses mains dedans et regarde l'eau ruisseler. Elle regarde autour d'elle. On entend des gouttes d'eau tomber. Long silence. Le père, soutenu par Hakim et Mina, entre. La mère les suit avec plusieurs sacs, en silence. On voit que le père a du mal à marcher. Tout le monde s'agite autour de lui. La mère s'assoit, elle est épuisée. Silence.

LA MÈRE *(à Hakim)*. Emmène-le dans sa chambre. *(Hakim emmène son père. Mina sort des affaires du sac.)* Donne-moi son pyjama, toutes ses affaires sales. Ses chaussures tu les mets là-bas. *(Mina trie les affaires et range des courses.)* Un jour il va nous tuer, cet ascenseur. *(Hakim revient, il prend un sac et ouvre une boîte de médicaments.)* Tu fais quoi ?

HAKIM. Il veut ses médicaments.

LA MÈRE. Faut pas donner celui-là.

Elle lui retire la boîte des mains et lui donne un autre médicament.

MINA. On peut ouvrir les rideaux ?

LA MÈRE. Non, laisse tout fermé. *(À Hakim.)* Donne-lui ça. Comme ça il dort un peu.
(Hakim repart dans la chambre. Pendant la suite, on les voit tous s'affairer à une tâche précise. Mina range les affaires, la mère fait des allers-retours à la cuisine. La voisine observe tout ça et va dans la cuisine. Long silence. Nadir entre, il porte des bagages. La mère va le saluer. Mina se jette dans ses bras.)
Il est dans sa chambre.

NADIR. Comment il va ?

LA MÈRE. Il se repose. Bien le voyage ?

Silence.

NADIR. Ils disent quoi les médecins ?

MINA. C'est maman qui les a vus.

LA MÈRE. Tu as mangé ?

MINA. Je vais te trouver quelque chose pour que tu manges.

Mina sort. Long silence. Elle ramène à manger.

LA MÈRE. Tiens, t'es fatigué le voyage.

Silence. Nadir ne mange pas. Hakim revient.

NADIR. Il est réveillé ?

Nadir va dans la chambre du père. Silence.

LA MÈRE. Qu'est-ce qu'il vient faire ? *(À Mina.)* Pourquoi tu lui as parlé de ça ? Il vient de loin, il a son métier, sa femme, ses petites filles… Pourquoi tu l'inquiètes ? Et je le mets où moi ? *(Silence.)* Ton père y a toujours quelque chose qui va pas bien, ça change quoi ? Tu crois il est jeune ? C'est pas la première fois il va à l'hôpital… Tu compliques les choses. Tu décides toute seule, tu parles pas avec moi.

MINA. Maman, y a de la place ! C'est bien qu'il soit là, il vient jamais.

LA MÈRE. Dans la cuisine ? Quelle place ? La maison, elle est pas rangée, y a rien à manger…

HAKIM. C'est pas la reine d'Angleterre ! Pourquoi tu paniques ?

LA MÈRE. Je veux pas il vient. C'est mieux, il reste loin d'ici.

HAKIM. Il peut dormir sur le canapé, il va rester une nuit.

LA MÈRE. Il va prendre ta chambre. C'est un invité, c'est important pour il dort bien.

La voisine traverse l'espace, pose une bougie allumée sur la table et sort.

HAKIM. C'est pas un invité, c'est Nadir, c'est ton fils ! Tu parles de lui comme s'il était pas de la famille.

Nadir revient. Long silence.

NADIR. Ils vont le réparer un jour cet ascenseur ?

MINA. Un jour papa il est resté coincé dedans, maintenant il veut plus le prendre.

HAKIM. Moi, j'y crois plus, je fais tout à pied.

LA MÈRE. En panne. Tous les mois, tu payes pour les oiseaux.

Ils rient tous les quatre. Long silence. Nadir éteint la bougie.

NADIR. C'est quand son prochain rendez-vous ?

HAKIM. Lundi.

NADIR. Qui est-ce qui l'emmène ?

HAKIM. Mina.

MINA. Je bosse toute la journée. C'est pas possible. Tu veux que je me fasse virer ? Tu n'écoutes jamais ce que je te dis !

HAKIM. J'ai pas ton agenda sous les yeux.

MINA. C'est pas une question d'agenda, c'est une question de lundi. C'est pas compliqué comme agenda. C'est toi qui l'emmènes.

Silence. Malaise.

LA MÈRE. C'est pas grave, prends un autre rendez-vous.

NADIR. C'est bon, je l'emmène moi.

LA MÈRE. Et ton travail ?

NADIR. Je vais m'arranger.

HAKIM. Laisse on a l'habitude, on va trouver une solution.

NADIR. Non ! *(Silence.)* Ça me fait plaisir.

Il se lève.

MINA. Tu vas où ?

NADIR. J'ai réservé une chambre pour la nuit.

LA MÈRE. Tu vas à l'hôtel ?

NADIR. Je ne veux pas vous déranger.

LA MÈRE. Tu viens voir ta famille, tu déranges qui ? Tu es chez toi ici.

NADIR. Il n'y a pas de place, ça va être compliqué.

MINA. Il y a rien ici, il n'y a pas d'hôtel autour.

NADIR. Au centre-ville.

MAMAN. Tu fais tout le voyage jusqu'ici et tu vas dormir à l'hôtel ?

NADIR. Je préfère c'est plus simple, c'est à côté de la gare.

MAMAN. Non, tu dors ici, moi je veux tu dors ici, j'ai déjà tout préparé. T'es pas un étranger ! Tout est arrangé depuis longtemps, Hakim il te laisse la chambre.

— 2 —

La mère prépare à manger. Nadir entre. La voisine est assise sur sa chaise.

NADIR. J'ai pas fermé l'œil de la nuit, impossible !

LA MÈRE *(souriante)*. Tu prends un café ? *(Elle rit.)* Si tu veux, ici il y a beaucoup de cachets pour tu dors bien.

NADIR. J'entendais marcher et parler toute la nuit. Il y avait plusieurs personnes, j'entendais des chiens, des gouttes de pluie…

La voisine se lève, passe devant Nadir et sort.

LA MÈRE. C'est peut-être elle, elle est comme ça, elle tourne, elle parle la nuit.

NADIR. C'est qui ? Qu'est-ce qu'elle fait là ?

LA MÈRE. C'est la voisine elle habite au-dessus. Son mari mort, ses enfants partis loin, ils laissent elle toute seule. C'est pas bien. Pourquoi elle reste toute seule là-haut ? Elle vient ici avec nous pour elle voit la vie, c'est mieux. Faut pas laisser les gens tout seuls.

NADIR. Elle est là tout le temps ?

LA MÈRE. On laisse la porte ouverte, elle rentre, elle sort comme elle veut. Même la nuit elle vient, elle dort sur la chaise, ça dérange personne. Même ton père quand elle est pas là, il demande elle est où. *(Silence.)* T'es devenu un quelqu'un toi. Déjà tout petit, tu comprends tout avant tout le monde. Comment ça va ta femme, tes deux filles ?

NADIR. À chaque fois que j'appelle ici tout va bien. Papa, ça fait plusieurs fois qu'il se retrouve à l'hôpital c'est pas normal.

LA MÈRE. C'est ça les vieux, jamais ça s'arrête, à droite à gauche, tous les tuyaux cassés. *(Temps.)* Moi, j'ai deux petites-filles, c'est tout, je vois elles jamais, pourquoi je suis pas une grand-mère normale ?

NADIR. Une prochaine fois peut-être. Moi, je veux juste savoir ce qu'il a exactement.

LA MÈRE. Tu crois qu'on va vivre jusqu'à quand ?

Silence.

NADIR. Papa fait quoi toute la journée, il sort un peu ?

LA MÈRE. Ton père, le matin, le soir, tous les jours c'est la même chose. Il veut rentrer au pays.

NADIR. T'as vu dans quel état il est ?

LA MÈRE. Toi, tu crois c'est facile ! *(Silence.)* Je lui dis qu'est-ce que tu vas faire là-bas ? Quand il arrive là-bas ton père il joue dans un film. C'est le patron. Il jette l'argent, il ment. Il dit tout va bien. Il donne les cadeaux. Et les gens là-bas ils aiment pas voir l'argent comme ça. Moi, je sais qu'est-ce qu'il veut. Il veut s'occuper de la maison. La maison elle est morte ! Elle a mangé tout l'argent, c'est mieux elle meurt comme ça elle nous laisse tranquille. Mais lui, rien à faire, il veut la terminer. La famille, ils disent c'est quoi ces riches ils laissent une maison vide comme ça ? Pourquoi ils donnent pas ça à nous ? Alors ça fait les problèmes. *(Silence.)* Il faut pas tu le laisses aller là-bas. Trop fragile. L'hôpital là-bas c'est pas comme ici. Là-bas tu meurs et après ils s'occupent de toi. *(Silence.)* Écoute-moi, il faut tu parles avec ton père, c'est facile pour toi, toi il t'écoute. Les autres, ils savent pas faire, toi tu sais parler à lui.

Silence. Entre le père. Il tend un sac à Nadir.

LE PÈRE. T'as mangé?

NADIR. Pas encore.

LE PÈRE. Il faut tu manges, il fait froid... Tiens, le pantalon pour toi! Regarde, velours... Bien pour l'hiver.

LA MÈRE. Il a déjà un pantalon.

LE PÈRE. Il est habillé comme une fille.

LA MÈRE. Tu jettes l'argent!

NADIR *(regarde le pantalon)*. Là c'est sûr, je vais pas ressembler à une fille!

LA MÈRE. Donne ça à Hakim, il a pas l'argent.

LE PÈRE. Allez... Essaye, pour je regarde. Si ça va pas, tu viens avec moi, on change au marché.

La mère se lève et va vers la cuisine. Nadir passe le pantalon trop grand par-dessus le sien.

NADIR. Regarde ça, parfait.

LE PÈRE. Avec la ceinture, c'est bien. Comme ça, l'hiver tu tombes pas malade. *(Silence.)* T'as bien dormi?

NADIR. Impeccable.

Long silence.

LE PÈRE. Il faut tu prépares les passeports, les billets pour le bateau, ta mère et moi, on rentre au pays. *(Silence. La mère revient, elle porte des sacs de médicaments.)* Ta femme, tes filles, le travail ça va?

NADIR. Tout va bien.

LE PÈRE. Le travail, la famille... Le reste, c'est des chansons pour les oiseaux.

LA MÈRE. Heureusement ici, on est dans le pays des médicaments, le sang rempli de cachets! Je peux ouvrir une pharmacie pour tout l'immeuble... La boîte orange, c'est fini?

LE PÈRE. C'est marqué.

LA MÈRE. Combien avec la nouvelle boîte ?

LE PÈRE. Je sais pas, regarde.

LA MÈRE. Combien c'était l'autre ?

LE PÈRE. Deux, trois.

LA MÈRE. Bon allez, deux.

LE PÈRE. Non, mets trois, comme ça c'est sûr.

LA MÈRE. La boîte rouge, faut pas oublier, il a dit ça c'est important. Matin, soir. Tiens, prends le sirop.

LE PÈRE. Pas celui-là, lui, il sert à rien. Ils savent plus faire les sirops. L'autre jour, j'avais un bon sirop : tu bois, il t'assomme impeccable ! Pourquoi ils changent comme ça ?

NADIR. C'est quoi tous ces papiers ? Elle est où la notice ?

LA MÈRE. Laisse, je connais tout. Ça c'est pour l'estomac. Ça c'est pour le cœur, il faut à lui quatre petits. Un pour la tension. Ça c'est pour les cailloux, pour pas ça fait mal. Lui, c'est pour le dos. Et deux comme ça pour pas la tête elle tourne. *(Elle regarde une boîte.)* Lui j'ai pas donné hier, tu prends deux. Ça je sais pas, c'est pas grave. Et celui-là je l'aime bien, la boîte elle est belle, quand il m'emmerde, je lui donne deux, il me laisse tranquille toute la journée.

Elle rit, se lève et repart vers la cuisine. Nadir, atterré, lit une notice.

NADIR. Elle est où l'ordonnance ?

LE PÈRE. C'est ta mère, elle sait.

NADIR. Depuis quand tu prends tout ça ?

LE PÈRE. C'est rien ça ! À chaque fois, je jette la moitié. Des fois, le docteur il donne l'ordonnance, je jette à la poubelle.

NADIR. Hakim et Mina, ils surveillent un peu ?

LE PÈRE. Mina, elle a pas le temps. Hakim… Mais le docteur, il est jeune, il parle trop vite, il a pas le temps. Ça va, ça va, donne l'argent, dégage. Quand il parle à moi, il parle fort, il crie. J'ai pas les problèmes avec les oreilles. Y en a un, il est bien, un juif un grand professeur. Il parle doucement avec moi, il a vu la radio, il a dit : "Il faut couper, tout de suite." La moitié du poumon, il a coupé. Quinze jours à l'hôpital, il est venu me voir tous les jours, il parlait avec moi. Lui, il crie jamais avec moi. Maintenant ça va je respire, j'arrête je crache le sang. *(Silence. Nadir se lève.)* Tu vas où ?

NADIR. Je vais prendre l'air, je vais chercher à manger.

LE PÈRE. Ta mère elle est là, il y a le manger, pourquoi tu achètes ?

— 3 —

NADIR *(au téléphone)*. On verra pour les factures, on fera les comptes plus tard… Il va mieux, j'ai tous ses médicaments devant moi… Un deux-pièces peut-être… Il est bien placé, pas loin de la maison. Il faut que je fasse le calcul… Mais on peut en parler plus tard. Les filles, elles dorment… ? Mais je les entends derrière toi, pourquoi tu me dis qu'elles dorment ? Tu me passes Julia… ? Prends le temps de réfléchir à nous deux… Hélène… On ne va pas prendre de décision maintenant ! Tu veux aller trop vite. Mais je ne m'énerve pas ! C'est toi qui… D'accord on fait comme ça, on fait comme tu veux, je reste chez mes parents le temps de trouver un appart et que ça se calme entre nous… Mais qu'est-ce que j'ai dit… ? On va prendre le temps d'en parler… Oui je l'ai annoncé à mes parents… Oui, on vient d'en… Bien sûr ils sont au courant, c'est la première chose que j'ai dite en arrivant, ça te rassure ? Tout va bien, il y a aucun problème… Allô ? La petite princesse… ? Oui… Barbe à papa, bientôt, il va revenir papa…

— 4 —

La mère et Nadir. Il prend un dossier. Entre Mina avec plusieurs plateaux-repas.

MINA. À la maison de retraite, il y a une Japonaise qui vient d'arriver en cuisine, c'est une extraterrestre. Elle s'appelle Yumi. La fille parfaite, elle s'est adaptée en deux jours. Depuis qu'elle est là, l'ambiance a complètement changé au travail.

NADIR *(à la mère)*. C'est quoi l'adresse du pneumologue ?

LA MÈRE. C'est pas marqué sur l'ordonnance ?

MINA. Elle a débarqué avec son sac à dos, ça fait deux ans qu'elle est partie de chez elle. Moi déjà pour traverser la rue, je flippe, et elle, elle a juste fait le tour de la planète. Je me marre avec elle. Cette fille, c'est un soleil. Tiens maman, j'ai ramené des barquettes de la cantine.

LA MÈRE. Pourquoi tu apportes tout ça ? Y a plus la place pour mettre le manger.

NADIR *(à sa mère)*. Il a un traitement ? Des résultats d'examens à apporter ?

LA MÈRE. Je sais pas. Le dossier, il dit quoi ?

NADIR. Mais qui est-ce qui l'a accompagné papa la dernière fois ?

LA MÈRE. C'est Hakim.

La voisine entre avec deux seaux d'eau et va s'asseoir sur sa chaise.

MINA *(à la mère)*. Le mec du quatrième il a un problème ? Chaque fois qu'il me voit, il tourne la tête, il me dit pas bonjour, il m'évite, on dirait que j'ai la gale. Il me voit dans l'ascenseur il baisse les yeux.

LA MÈRE. Attention, tout le monde dit c'est un bon guide à La Mecque.

MINA. C'est quoi son problème ? Il peut pas voir une femme à côté de lui normale, en décolleté, maquillée, parfumée... Il baisse les yeux pourquoi ? Qu'est-ce qui se passe ? Parce qu'il a envie de me sauter dessus ? Ça veut dire qu'il pense qu'à ça... Mais il a un problème.

Hakim entre.

HAKIM. Y a plus rien à bouffer ?

MINA. Dans la cuisine, y a à bouffer jusqu'au plafond.

Hakim va à la cuisine.

LA MÈRE. Il est gentil avec moi.

MINA. Toi c'est normal… En fait les mecs ils sont tranquilles uniquement quand ils sont entre eux avec leur mère à côté, et là il n'y a pas de problème. Ils sont à l'aise qu'avec les vieilles, dès qu'il y a une jeunette qui passe, ça y est c'est la panique. Lui, on dirait un petit garçon. J'ai envie de lui dire : "Tu sais pas comment c'est fait une femme ? T'as pas une femme ? T'as des enfants ? Tu les as faits comment tes enfants ? Avec un âne ?"

Hakim ressort en mangeant, avec deux trois barquettes à la main.

NADIR. Hakim, il est où le dossier médical de papa ?

HAKIM. C'est maman qui a le dossier.

LA MÈRE. Moi je sais pas y a plein de dossiers. Regarde !

NADIR. Au dernier rendez-vous il a dit quoi le médecin ?

HAKIM. Je sais pas, je rentre pas avec lui moi.

NADIR. Tu laisses papa tout seul avec le médecin ?

HAKIM. Je le pose devant et après je reste à la salle d'attente.

NADIR. Mais il comprend rien à ce qu'on lui raconte.

HAKIM. Je sais pas, on a toujours fait comme ça.

Hakim sort. Nadir le regarde partir. Le téléphone de Nadir sonne. Il ne répond pas. Un temps.

NADIR. Maman, je peux rester un peu plus longtemps, ça gêne pas ?

LA MÈRE. Qu'est-ce qu'il y a, ça va pas ?

NADIR. Si au contraire, je me sens bien ici, ça me repose.

LA MÈRE. Heureusement tu es là ! On peut compter sur toi. Hakim c'est comme le vent, c'est l'hôtel, toujours des rendez-vous tu sais pas pourquoi. Il a trouvé une femme, une fille bien ! Un mois, deux mois, elle a donné un coup de pied : Dégage, retourne chez ta mère. Pourtant il a un diplôme, il a tout. Trouver le travail, il arrive pas.

MINA. C'est plus compliqué que ça… !

Elle sort. Silence.

LA MÈRE *(à Nadir)*. Pourquoi tu cherches les problèmes ? *(Nadir est interloqué.)* Laisse, on débrouille bien tous seuls.

La mère donne le bras à la voisine. Elles sortent. Nadir se rapproche, plonge sa main dans un seau et regarde l'eau ruisseler.

— 5 —

Nadir, Hakim, la mère. Nadir regarde par la fenêtre.

NADIR. C'est quoi ce rassemblement en bas ? Tous ces gens habillés en blanc ?

HAKIM. C'est pour la famille Ben Khalifa, la mère est morte. L'imam était chez eux hier soir.

LA MÈRE. Elle a de la chance, c'est fini pour elle. Dieu il a fait cette vie pour souffrir, maintenant elle va profiter le paradis.

NADIR. Sinon tu sautes par la fenêtre, comme ça tu profites du paradis avec elle. *(Nadir et Hakim rient. Un temps.)* Les deux boulangers, Cornu, Albertini, ils sont partis ?

HAKIM. Y a pas qu'eux, Chabert, Gonzales, la boucherie, le bureau de tabac, ils sont tous partis. Ils ont vendu à temps, ils sont pas fous.

NADIR. J'ai toujours dit qu'il fallait partir d'ici, vous ne m'avez jamais écouté.

LA MÈRE. Toi tu es parti c'est bien. Pourquoi tu veux changer les choses pour nous ?

Mina sort de sa chambre en coup de vent.

MINA. Je vais être en retard.

HAKIM. Tu vas à la maison de retraite ?

MINA. Non ! Aujourd'hui c'est la cantine du lycée, la maison de retraite c'est le week-end.

LA MÈRE. Tiens donne l'argent pour la famille Ben Khalifa quand tu passes.

Mina sort.

HAKIM. Je pense que ça fera du bien à papa de voyager, bouger un peu, prendre le soleil, voir la famille. C'est bien qu'il travaille dans sa maison là-bas, ça l'occupe.

Silence.

NADIR. Qu'est-ce qu'ils font toute la journée les gamins en bas ? Ils étaient là hier soir, ils sont là ce matin, ils ne bougent pas ?

HAKIM. Je vais m'occuper des billets pour le bateau. Sinon ça va être trop tard.

LA MÈRE. Non laisse, c'est Nadir il parle avec ton père.

HAKIM. C'est quoi cette histoire ? C'est toujours moi qui m'en occupe ! Je m'en charge, ça ira plus vite.

LA MÈRE. Non, tu t'occupes rien ! Nadir il sait mieux, toi t'as les yeux dans la poche, tu comprends rien.

Le père traverse l'espace et sort. Les trois le regardent. Silence. La mère et Hakim sortent à leur tour.

— 6 —

NADIR *(chantant, seul)*. "On a tous dans le cœur des vacances à Saint-Malo et des parents en maillot qui dansent sur Luis Mariano." Je sais pas pourquoi j'ai cette chanson débile dans la tête... Déjà : "On a tous dans le cœur des vacances à Saint-Malo", j'aimerais te dire tant mieux pour toi ! Mais alors : "Des parents en maillot qui dansent sur Luis Mariano !" *(Un temps, il réfléchit.)* Là, je dirais que... J'ai un peu plus de mal ! Parce que quand j'imagine mon père et ma mère en maillot de bain en train de danser sur Luis Mariano ! Là je me dis... J'ai des ennuis qui vont me tomber sur le coin de la gueule...

— 7 —

À l'extérieur, sur un banc, Le père est assis seul. Mina arrive.

MINA. Tiens papa, tes cigarettes.

Elle s'assoit sur ses genoux.

LE PÈRE. Ah… Maintenant, je respire ! Il rit

MINA. Faut que je te coupe les cheveux, ça fait longtemps.

Un temps.

LE PÈRE. Je vieillis comme les arbres, les branches tout secs.

Il allume une cigarette. Tous les deux regardent le ciel.

MINA. Plus de soleil, fini !

LE PÈRE. Les nuages noirs, là-bas, Regarde. C'est Dieu… il est comme ça ! Un jour tu ris, un jour tu pleures…

Ils rient ensemble.

MINA. Tu vas plus à la mosquée ?

Silence. Elle se lève.

LE PÈRE. Tu vas au travail ? Tu cours toujours, faut tu reposes un peu, je vois dans tes yeux t'es fatiguée. *(Elle l'embrasse et sort. Silence.)* Même la prière, elle est morte. J'ai fait la prière, j'ai fait cinq fois par jour. Pendant le travail, je pouvais pas, mais à la retraite, tous les jours, Dieu il m'a vu, il m'a entendu. J'ai fait le Ramadan, j'ai donné aux pauvres. J'ai soigné ma famille, mais maintenant, je peux plus prier, trop cassé partout. On dirait Dieu, il m'a dit : "Ça suffit, arrête maintenant, tu me casses les oreilles, va te reposer, bientôt, je m'occupe de toi." Comment je peux me reposer ? J'ai pas terminé la maison là-bas. La maison aveugle perdue dans la ville, tout le monde il passe devant il dit : "Elle va mourir, la famille incapable, ils laissent comme ça un ventre vide sans esprit." Mais si elle meurt je meurs moi aussi, elle a besoin elle respire, des oreilles pour elle entend le rire des vaches maigres j'ai toujours dit à elle : "Je vais te faire des yeux, pour tu vois le monde, tu vois mes enfants grandir." Chaque année je dis : "Je m'occupe de toi." Et chaque année je mens parce que je l'oublie, je peux pas la laisser comme ça sans le regard.

— 8 —

Le père continue de fumer. Nadir arrive avec un sac de pharmacie.

NADIR. Il faut y aller, on va être en retard chez le médecin.

LE PÈRE. Tu dis pas ta mère je fume. *(Silence.)* Tous les jours je regarde les arbres ici.

NADIR. Tiens c'est l'heure.

Il lui donne deux cachets.

LE PÈRE. Les arbres ici, ils sont beaux, ils sont droits en pleine santé, ils ont pas soif.

Il prend les cachets.

NADIR. Deux le midi, deux le soir.

LE PÈRE. Y a pas d'eau ?

Nadir lui tend une petite bouteille. Le père boit.

NADIR. Ces cachets il faut les prendre tous les jours.

LE PÈRE. Jusqu'à quand ?

NADIR. Il faut les prendre à vie.

LE PÈRE. Ça veut dire quoi ? *(Nadir est mal à l'aise.)* Ah… Quand je meurs, j'arrête ! *(Ils rient tous les deux. Long silence.)* À chaque naissance j'ai planté un olivier, le tien, il a quarante et un ans, il est devant la maison, il est fatigué parce que je m'en occupe pas. Il est tordu et il a soif. Il faut je retourne pour m'occuper des arbres, je peux pas les laisser comme ça devant la maison.

NADIR. Papa c'est ici qu'il fallait planter les arbres.

LE PÈRE. Les laisser là-bas, sans rien, c'est pas possible. Je sens ils me parlent, ils m'appellent… Les arbres, la maison, j'ai tout laissé.

Ton arbre, maintenant il meurt tout doucement. L'arbre de ta sœur, de ton frère.

NADIR. Allez viens, il va pleuvoir.

LE PÈRE. Faut tu t'occupes de ces arbres… !

NADIR. Donne-moi le bras… *(Un temps.)* Tu n'es jamais venu voir ma maison. J'ai planté deux pommiers pour mes petites filles, mais je m'en occupe. Mes enfants s'en occuperont et les enfants de mes enfants.

Le père se lève, refuse l'aide de Nadir et part en silence.

LE PÈRE. Je suis pas fatigué…

On entend des orages au loin.

— 9 —

La nuit, une bougie est allumée. La mère et la voisine sont assises à la table.

LA MÈRE *(à la voisine)*. Je vais là-bas, ça sert à quoi ? Il fait trop chaud. Je peux plus la chaleur. Je sais j'ai plus ma place là-bas, je suis l'étrangère. Moi ma famille c'est ici. Mes frères, mes sœurs, on pense plus pareil. Chacun vient raconter ses histoires, ses malheurs, ils pensent pour toi tout va bien. La première question c'est : "Ils sont mariés tes enfants ? Ils ont des enfants tes enfants ?" Moi je leur dis : "Mes fils ils sont mariés." Comme ça personne il me dit : "J'ai quelqu'un pour lui, et pour lui aussi." Ma fille je dis : "Elle va mourir, elle a un cancer." "C'est dommage." "Oui c'est dommage", allez dégage. Comme ça ils posent plus de questions. De toute façon, elle est trop vieille pour la marier, c'est mieux elle se marie pas. Comme ça elle a pas de mari, pas d'enfants, pas de famille, pas de maison, pas de problème. Comme ça elle reste tranquille, comme l'oiseau libre, elle s'occupe que d'elle, personne il l'emmerde. Moi j'ai fait que trois enfants, c'est déjà trois problèmes.

La mère, Hakim, Mina.

HAKIM. Pourquoi il vient toujours tout seul ? Hélène et les filles elles viennent jamais.

LA MÈRE. C'est normal, sa femme elle veut pas venir. Elle est pas à l'aise ici.

MINA. N'importe quoi ! Y a aucun problème avec Hélène.

LA MÈRE. On est pas pareilles. Quand elle est là je sais pas quoi dire. C'est mieux le silence comme ça tu restes propre.

HAKIM. Moi ça va très bien avec elle, on n'arrête pas de se marrer ensemble.

LA MÈRE *(à Hakim)*. Et toi, ta copine... Ta fiancée Nora... C'est terminé ? *(Silence.)* Une fille bien, c'est dommage... Laisse-moi je lui parle, comme ça, elle change l'avis. Je vais aller voir sa mère, on discute un peu tous les deux.

HAKIM. Je suis très bien comme ça.

LA MÈRE. Je connais quelqu'un, il brûle le mauvais œil. J'ai rencontré lui au marché, il fait bien le travail... Sinon on va au pays, on va, on choisit une. Une fille bonne famille, elle reste à la maison, elle s'occupe les enfants. Une femme normale elle s'occupe bien à toi.

HAKIM. Une maman quoi.

MINA *(à sa mère)*. Sinon j'ai un truc à te proposer, tu te maries avec lui, comme ça, ça fait gagner du temps de l'argent. *(Mina et Hakim rient. Le père et Nadir arrivent.)* Alors comment ça s'est passé ?

Nadir installe son père et le confie à sa mère.

NADIR. Magnifique. *(Un temps.)* Le rendez-vous chez le pneumologue était annulé. Fallait juste le confirmer quarante-huit heures avant et personne l'a fait. Ils ont rappelé ici, ils ont laissé un message, personne n'a répondu. Du coup ils ont mis quelqu'un d'autre à la place. Je suis passé pour un clown. J'ai fait des pieds et des mains en racontant des conneries et le médecin nous a pris entre deux.

Et là, festival ! J'ouvre le dossier, il manquait les examens de sang, d'urines, j'apprends qu'il doit faire un régime depuis trois mois. Les ordonnances, c'était n'importe quoi. Il devait arrêter des médicaments avant l'examen, en prendre des nouveaux. Du coup, ils ont appelé le médecin traitant pour éclaircir tout ça avec lui et il m'a tout refait. Après, il m'a demandé le scanner des poumons, qu'il devait faire le mois dernier, ça n'avait pas été fait. Il a dû prendre un autre rendez-vous en urgence, pour que je l'emmène demain. Là c'était comme si on était partis en promenade cueillir des champignons, il fait beau, la vie est belle, des vrais touristes.

MINA *(effondrée)*. Je fais tout de travers, je suis désolée…

NADIR. Mais je cherche pas un coupable, et puis t'es pas la seule…

HAKIM. Moi j'étais pas au courant de son régime alimentaire.

NADIR. Et il n'y a pas que ça qui ne va pas, c'est quoi tous ces papiers qui traînent partout ? C'est quand même pas compliqué de classer des papiers ? D'ouvrir les courriers. On les ouvre comme ça, on lit, voilà à quoi ça correspond, on les classe en fonction, on jette, on garde. Régulièrement pour pas que ça s'entasse. Parce que une fois que ça s'entasse, on ne les retrouve plus. Ce qu'il faut, c'est ranger au fur et à mesure. Tu prends des classeurs, des dossiers, des chemises tu colles trois étiquettes et tu classes par dates. Les ordonnances, les feuilles de soins, les examens, les assurances, la Sécu, les relevés de comptes… Et toutes ces factures avec ces pénalités de retard, tout cet argent jeté par la fenêtre. Il y a juste à mettre en place un prélèvement automatique. Il n'y a pas besoin de faire Polytechnique pour faire ça. C'est des choses très simples à mettre en place. Donc pendant que je suis là, je vous classe tout, je vous mets tous les compteurs à zéro, j'achète un agenda, l'agenda il reste tout près du téléphone comme ça on sait où il est, et tout le monde le voit, et vous notez tout dessus. D'accord ? *(On toque à la porte. La mère va ouvrir, on entend parler arabe, elle referme puis revient. Silence.)* C'est quoi ce déguisement du Moyen Âge ?

LA MÈRE. C'est le voisin du quatrième.

MINA. Mon copain…

NADIR. Il faut qu'il fasse attention, il va marcher sur sa barbe.

LA MÈRE. Il apporte le poisson. C'est quelqu'un de bien. Il dépanne les vieux, les jeunes, tous ceux qui peuvent pas il donne un coup de main.

HAKIM. Pendant le Ramadan, il ramasse l'argent, il fait à manger pour les pauvres.

LA MÈRE. Heureusement il est là, il aide ton père, ton père il peut plus monter les courses.

MINA. Mais on n'a pas besoin de lui ! Moi je les monte les courses !

Elle sort.

— 11 —

Nadir seul, au téléphone. La voisine rentre sans que Nadir la voie.

NADIR. Non j'ai pas eu ton message, on capte mal ici, pas de réseau. Alors qu'est-ce que tu me disais… ? Comment ça je suis au courant ? Tu m'as jamais parlé d'avocat… Mais c'est toi qui pars, moi je ne voulais pas en arriver là… ! On n'a pas besoin de passer devant un tribunal ! T'imagines combien ça va nous coûter tout ça… ? Non, il est hors de question qu'on vende la maison. Je vais racheter ta part… Je trouverai les moyens… Oui c'est important pour moi, je la lâcherai pas, c'est clair… ? Le notaire… ? Oui j'ai pris rendez-vous… Et pourquoi je mentirais… ? Il me faut encore quelques jours… Mais non je n'essaye pas de faire traîner les choses… Le deux-pièces ? Non, je ne l'ai pas encore visité. Mais je ne veux pas être loin des filles… Non je ne fuis pas la réalité, je m'occupe de mes… Oui, je mens, je démissionne, j'essaye de t'arnaquer… Mais bien sûr qu'elles me manquent… ! *(Un temps. Il se radoucit.)* Tu pleures… ? Donne-moi juste un peu de temps… Attends… Raccroche pas… Raccroche pas…

La conversation est coupée. Il lève les yeux et découvre la voisine. Ils se regardent. Long silence. Elle sort.

— 12 —

Le père seul, il prépare un poisson.

LE PÈRE. Excuse-moi mon ami... Mais on va te manger. Tu sais on choisit pas. Là je te tiens, mais peut-être c'est toi qui me tiens. Et si t'étais empoisonné, hein ? *(Il rit.)* Ah tu peux pas répondre mon ami. Tu sais, on se fait toujours manger par quelqu'un. La vie, elle te bouffe. Elle est sans pitié avec les plus faibles. Là aujourd'hui, c'est moi le plus fort, mais demain ? Les gens ils te bouffent, les autres finissent toujours par te bouffer. Toi au moins, c'est fini. Ton compte il est réglé. Mon compte à moi, je sais pas qui va le régler. Souvent, je me dis : "Comment je vais partir ? Est-ce que je vais partir comme un poisson, bouffé par la vie, bouffé par moi peut-être ?" Je me demande comment c'est mieux de partir. Comment mourir ? Je saute par la fenêtre ? Je prends un couteau ? J'avale des médicaments ? Je prends la voiture je rentre dans un mur. J'avale de l'essence, je mets le feu ? Je prends un fusil, je fais sauter la carcasse. Je passe sous un train. Mais finir comme ça... C'est pas bien. Dieu il veut pas c'est interdit. Tu as de la chance, la souffrance elle est terminée. Y a quelques jours, tu étais au paradis, dans l'eau, chez toi. Mais regarde-moi, ta vie, elle était plus facile que la mienne. Personne t'emmerde. Personne te dit ce que tu dois faire. Et d'un seul coup tout s'arrête. Moi aussi on m'a sorti de l'eau, on finit tous au même endroit. À la fin, toi, comme moi, on finit tous dans la marmite, la marmite de la vie.

— 13 —

La mère, Mina. Hakim entre.

HAKIM. Maman qu'est-ce qu'on bouffe ce soir ?

LA MÈRE. Mange-moi, comme ça t'auras plus faim toute ta vie !

Elle sort.

HAKIM. Pourquoi elle s'énerve comme ça ? *(Silence.)* Dis-moi il va rester combien de temps l'autre ?

MINA. C'est qui l'autre ?

HAKIM. À ton avis…

MINA. Pourquoi t'as un souci ?

HAKIM. J'adore l'ambiance quand il est là, tout le monde détendu, serein…

MINA. C'est moi qui lui ai dit de venir, tu vois bien qu'on ne s'en sort pas.

HAKIM. Mais c'est quoi le problème ?

MINA. Le problème c'est que tu vois pas les problèmes. Heureusement qu'il est là pour nous donner un coup de main.

HAKIM. Il croit qu'on l'a attendu ? On se débrouille très bien sans lui.

MINA. Et le loyer ici ? Qui est-ce qui le paye ? C'est toi ou c'est lui ?

HAKIM. C'est facile de payer et de disparaître le reste du temps, mais toute l'année qui est-ce qui est là, au quotidien, à emmener papa chez le médecin, le pharmacien, les examens, tous les papiers, les courses, le ménage, faire à bouffer… ?

MINA. Depuis quand tu fais à bouffer toi ? C'est facile de dire que tout va bien, alors que c'est maman et moi qui faisons tout ici !

HAKIM. Tu veux dire que je fous rien ? Toutes les réparations, le chauffage, la plomberie, la bagnole…

MINA. La bagnole elle est toujours en panne. C'est toujours de travers, ça marche jamais ce que tu fais, tout ce que tu touches ça fonctionne pas.

La mère entre avec la voisine. La voisine va s'asseoir sur sa chaise et allume une bougie qu'elle garde dans les mains.

HAKIM. Maman, faut refaire vos passeports, ils doivent être bientôt périmés.

LA MÈRE. Non y a pas de voyage cette année. Cette année on part en vacances devant la télé.

HAKIM. C'est quoi cette histoire ? Tu vas pas au bled cette année ? Mais vous y allez tous les ans !

LA MÈRE. C'est mieux pour ton père.

Elle sort.

HAKIM. Pourquoi elle change ses habitudes comme ça ? Je suis sûr que c'est lui qui lui a foutu ça dans la tête.

MINA. Elle a raison, il faut qu'il se repose cette année.

HAKIM. Mais il se repose déjà toute l'année ! Et il s'emmerde, il tourne en rond. La seule balade qu'il a c'est aller à Carrefour. C'est important qu'il aille voir sa famille, qu'il s'occupe de sa maison. Qu'il aille arroser ses arbres, voir les chèvres de sa campagne, j'en sais rien ! Il pense à ça toute l'année, il prépare ses petits cadeaux, il vient de s'acheter un nouveau costume exprès, c'est pour ça qu'il tient. Ça lui fait du bien, il respire un peu. Tu vois pas qu'il est complètement prisonnier là ? S'il tombe malade, c'est parce qu'il peut plus respirer l'air d'ici. Il a rien ici, même la mosquée il y va plus. Pourquoi vous voulez l'asphyxier comme ça ?

Il sort.

— 14 —

Nadir tient des classeurs sous le bras. La voisine est toujours assise avec sa bougie dans les mains.

NADIR. Je fais des rêves, c'est n'importe quoi. Je me vois dans la marmite. Je me dis : "Qu'est-ce que je fais là… ?" Il faut que je sorte, j'ai rien à faire ici, mais je n'arrive pas à sortir, je regarde autour de moi et je vois plein de légumes, des morceaux de viande qui flottent autour de moi dans l'eau bouillante. Je me dis : "Je suis en train de cuire mais je sens rien", en même temps c'est confortable, je me sens bien avec les légumes. Je vois des gens qui s'agitent autour de moi. Là, je réalise que ma tête dépasse de la marmite, ça veut dire que les autres me voient et s'ils me voient, ils vont me la couper. Il ne faut pas que ma tête dépasse. Je dois plonger au fond dans la marmite pour me cacher derrière les légumes, mais j'ai peur de me brûler. Mais non je suis dedans déjà, je suis déjà brûlé ! Ma tête brûle, elle fond, je respire toujours et là je sens... que si je continue, je vais devenir un légume comme les autres. Là je me dis non ! Il faut que je sorte avant que ça ne soit trop tard. Je regarde mes pieds et je vois des pieds de porc. Là je me dis tout le monde va le savoir ! Il faut que je sorte d'ici, le plus vite possible. Mais je peux pas sortir avec ces pieds comme ça, ça se fait pas, surtout chez les parents ! Je vais traverser le salon avec mes pieds de porc, c'est pas possible, ça se fait pas ! Je vais laisser des traces, ils vont me reconnaître, ils vont savoir que c'est moi. Il faut que je retrouve mes pieds, ils sont quelque part au fond. Je vais plonger et retrouver mes pieds dans les légumes au fond de l'eau. Du calme, ça va passer. Les pieds de porc vont fondre, ils vont disparaître dans l'eau et un jour, je vais retrouver mes pieds normaux. Je veux juste sortir d'ici.

— 15 —

La voisine est toujours assise avec sa bougie dans les mains. Nadir est attablé avec ses classeurs, il met des étiquettes. La mère range.

LA MÈRE. Ranger, ranger, jamais ça s'arrête, je deviens folle. La cuisine, la salle de bains, le linge. *(À Nadir.)* T'as bien dormi ?

NADIR. Rien à faire. Y a des gens qui parlent la nuit, j'entends des cris... Il y a des fuites dans le plafond ? J'entends des gouttes tomber.

LA MÈRE. Non, y a rien, tout va bien.

La voisine se lève et vient poser la bougie pile sur les dossiers de Nadir. Il la regarde, stupéfait. Un temps. Il souffle sur la bougie. Elle sort.

NADIR. Pourquoi vous vous encombrez avec elle ? Comme s'il n'y avait pas assez de problèmes comme ça. Elle fait pas partie de la famille.

LA MÈRE. Tout le monde il aime bien. Elle gêne personne. Maintenant quand elle est pas là, je suis pas bien. Il manque quelque chose. Elle connaît tout dans la maison.

NADIR. Il faut qu'elle rentre chez elle, elle dérange tout ici.

Un temps.

LA MÈRE. Ta sœur, sa chambre c'est pas possible, je rentre plus, sa chambre elle fait peur. Je sais pas comment elle vit dedans. Moi c'est pas possible une chambre comme ça.

Mina arrive avec un plat et un petit livre.

MINA. Regardez, c'est un plat qu'a préparé Yumi, vous voulez goûter ?

La mère sort.

NADIR. T'as pleuré ? Tu as les yeux tout rouges.

MINA *(souriante)*. C'est rien. Écoute ça ! *(Répétant des mots en japonais avec la traduction. Nadir la regarde en souriant.)* J'ai appris un poème japonais, ta femme elle adorerait ça. *(Elle récite le poème.)* Tu dois tout le temps penser à elle, non ?

NADIR. Elle et mes deux petites princesses, c'est la plus belle chose qui me soit jamais arrivée !

MINA. J'allais oublier, j'ai pris ça pour elles. *(Elle sort d'un sac deux petits jouets musicaux à roulettes. Elle les actionne, ils se déplacent dans le salon.)* Je suis sûre que tu dois leur manquer quand tu n'es pas à côté d'elles. *(Elle rit.)* Tu as de la chance, toi, tu as toujours tout réussi. Moi aussi, j'ai envie de me marier, trouver un mari, un homme comme toi, construire du solide... Quand je vois des filles avec un bébé, j'ai juste envie de le leur voler et de le manger tellement c'est beau...

NADIR. Pourquoi tu ne pars pas d'ici ?

La mère entre. Mina la regarde en silence puis lui donne un petit paquet cadeau.

MINA. Tiens c'est pour toi.

Mina sort. La mère pose le cadeau sans l'ouvrir.

LA MÈRE. Des fois je comprends pas comme elle pense. Elle fait les cadeaux, elle jette l'argent. Un jour elle pleure, un jour elle rit, un jour viens dans mes bras, un jour dégage, je comprends rien. *(Elle met un voile sur la tête et va pour sortir.)* Ton père lui il voit rien, mais moi… Pas besoin les mots.

NADIR. Maman depuis quand tu portes ça ?

LA MÈRE. Oh ça fait longtemps.

NADIR. Mais tu vas pas sortir comme ça ?

LA MÈRE. Pourquoi ? C'est l'habitude.

NADIR. Mais avant tu portais pas ça.

LA MÈRE. Avant oui, mais après… Au marché on me dit : "Ah ma sœur pourquoi tu portes pas ? Ah ma sœur il faut tu couvres ta tête. À ton âge, c'est pas bien." Maintenant j'ai mis ça sur la tête, on me laisse tranquille, on pose pas les questions. Maintenant quand je sors sans le voile, j'ai l'impression il manque quelque chose. Un jour je me suis énervée. Je porte les courses comme ça. Une femme elle vient, je connais pas. Elle dit : "Ma sœur attention tu as un cheveu qui dépasse." J'ai regardé comme ça je voulais lui mettre les courgettes dans la gueule. *(Elle va pour sortir.)* T'as parlé à ton père ?

Silence.

NADIR. Bien sûr.

La mère fouille dans ses poches.

LA MÈRE. J'ai même pas la monnaie pour je donne un peu aux pauvres.

Nadir plonge sa main dans sa poche.

NADIR. Tiens donne ça.

Il lui donne quelques pièces.

LA MÈRE. Toi, tu es un cadeau du ciel, tu es la chance de la famille. Si tu tombes, tout le monde tombe.

Elle sort. Hakim entre.

HAKIM. Y a rien à bouffer ? J'ai la dalle. *(Il prend la barquette et goûte.)* Qui est-ce qui a fait ça ? C'est maman ? C'est bon. Elle touche.

(Silence. Nadir range en regardant son frère manger.) Dis-moi t'as pris combien de jours de congés ?

NADIR. Je sais pas, y a trop de trucs à régler ici…

HAKIM. Comme c'est ton entreprise, tu poses les jours que tu veux… ? Tu fais bosser les autres… C'est cool…

NADIR. Ouais c'est cool…

HAKIM. Dis-moi tu gagnes combien par mois ? Parce que je me dis avec le loyer que tu payes ici, plus ta maison que tu viens de construire, une famille avec deux enfants, la bagnole… À mon avis tu roules pas en trottinette… Tu dois bien palper. Le bâtiment ça paye… T'as pas de problème avec les impôts… ? Moi je trouve que plus t'as du fric, plus t'as de problèmes.

NADIR. Toi t'as pas besoin de fric pour avoir des problèmes.

HAKIM *(chantant)*. "On a tous dans le cœur des vacances à Saint-Malo et des parents en maillot…"

NADIR. Pourquoi tu chantes ça toi ?

HAKIM. Je sais pas, c'est toi qui chante ça.

NADIR. Moi… Je chante ça ? *(Il se lève avec un dossier, jette un coup d'œil à la fenêtre.)* Assis sur les murs, ça fume, ça discute. Ils surveillent les montées ?

HAKIM *(mangeant)*. Ils sont chez eux. Tu veux les mettre où ?

NADIR. Y en a pas un qui va se dire : "Tiens je vais chercher du travail, je donne un coup de main aux parents, je trouve un stage, je vais faire du sport, je fais un reportage sur les tortues, je vais cueillir des champignons, cuisiner des radis…" Faire n'importe quoi mais qu'ils se bougent, qu'ils s'intéressent à quelque chose.

HAKIM. Je ferais bien un stage de zen, trois semaines dans la nature… Je sais même plus à quoi ça ressemble une vache, une chèvre… J'ai hérité un truc de la famille, un peu nerveux.

NADIR. C'est quoi le boulot que t'aimerais vraiment faire exactement ? Un domaine dans lequel t'aimerais t'éclater. T'as pensé à ça ?

HAKIM. Prof de yoga au Brésil… Orange pressée, maillot de bain, sous le soleil exactement…

NADIR. Mais tu es doué en informatique, tu sais tout faire ! Je sais qu'il y a une formation qui existe, pas loin. Tu rentres sur dossier avec entretien. Tu es allé là-bas ? Tu t'es renseigné ?

HAKIM *(regardant les étiquettes sur les classeurs)*. C'est bien ce que t'as fait.

NADIR. Regarde ça : des classeurs, des fiches, des étiquettes. Propre, impeccable. Quand j'ai tout ça devant moi, quand les choses sont carrées, à leur place, je me dis ça y est… La vie a un sens.

— 16 —

Nadir seul, au téléphone. La voisine s'amuse avec les jouets.

NADIR. Hélène, ça fait vingt messages que je te laisse. Pourquoi tu me fais ça ? Tout va s'arranger. Y a aucun problème. On va faire comme tu veux mais réponds… ! *(Un temps.)* Les petites… Elles me manquent. *(Un temps.)* Ne me laisse pas tout seul ici, je t'en supplie…

Bruits de gouttes d'eau. Il lève les yeux au plafond et cherche d'où les gouttes viennent. On entend des orages.

— 17 —

En bas d'un immeuble. Le père et Nadir se promènent.

LE PÈRE. Toutes ces familles, ces jeunes, ça se marie, ça divorce, aucun respect, la famille disparue. C'est fini les hommes, les vrais, les chefs de famille. Avant tu te maries jusqu'à la mort. Quand le papa il parle, tu discutes pas, tu fermes ta gueule, tu dégages. C'est comme ça la famille, chez nous on divorce pas ! Maintenant les hommes, ils parlent, ils pleurent, ils rient comme les femmes. Le mari il change la femme, la femme, elle change le mari. C'est comme la machine à laver, si ça marche pas, dégage, à la casse, je prends une nouvelle, c'est mieux, ça coûte trop cher pour réparer. *(À un ami, à l'étage, dans l'immeuble.)* Ah ! Hamid, ça va ? Viens avec nous ! On promène un peu.

NADIR. Papa, arrête de crier comme ça…

LE PÈRE *(à son ami)*. Ça marche l'ascenseur chez toi ? *(À Nadir.)* Je dérange qui ? Tout le monde il se connaît ici. *(À son ami.)* Le chauffage ? Nous le chauffage ça va ! Nous : l'ascenseur ! Un mois. L'ascenseur c'est le patron, il fait ce qu'il veut ! Des fois il va à la cave, il s'arrête. On va tous habiter dans la cave, comme avant, comme ça y a pas les problèmes. *(Il rit.)* C'est mon fils ! C'est lui, l'avocat !

NADIR. C'est quoi cette histoire ?

LE PÈRE *(à Nadir)*. Chut… *(À son ami.)* Si t'as un problème, tu viens, il s'occupe tout le monde.

NADIR. Mais pourquoi tu dis que je suis avocat ?

LE PÈRE. Et alors il va vérifier tes diplômes ? Lui, il dit son fils il est chirurgien, mais je sais c'est pas vrai. Son fils j'ai vu, il travaille au marché. C'est un grand théâtre ici, tout le monde il joue à quelqu'un d'autre. Viens aujourd'hui je veux marcher un peu.

NADIR. Tu veux aller au centre-ville ?

LE PÈRE. Non, c'est trop loin. Viens on va se promener à Carrefour, c'est mieux, il fait chaud. Je te paye le café. Après j'achète les chaussures pour le voyage. Tu sais ce que je vais faire cette année ? Je plante deux arbres pour tes petites filles, à côté du tien… Deux citronniers… C'est joli pour des petites filles… *(Silence.)* Tes petites, ta femme, pourquoi elles viennent jamais nous voir ? Qu'est-ce qu'il se passe ? Y a un problème ?

NADIR. Hélène, avec son travail, c'est compliqué.

LE PÈRE. C'est important, les petites elles voient leur grand-père, leur grand-mère, comme ça elles viennent faire des bêtises à la maison, elles s'amusent un peu sur mes genoux. *(Un temps.)* Tes filles faut qu'elles viennent au pays, passer les vacances, voir les oncles, les tantes. Voir la terre de mon père. Voir d'où elles viennent. Elles tombent pas du ciel.

NADIR. Elles sont encore trop petites.

LE PÈRE. On emmène ta femme, tout le monde. Là-bas on sera une grande famille, elles jouent avec leurs cousins. Elles courent dans la poussière, la chaleur pour elles sentent un peu les racines.

Un temps.

NADIR. Papa, il n'y aura pas de voyage cette année.

Silence.

LE PÈRE. Qu'est-ce qu'il se passe? Ça va pas?

NADIR. Tu peux pas y aller comme ça, t'es trop fatigué. T'es trop malade.

LE PÈRE. Moi ça va très bien. Ta mère et moi, on va faire le voyage.

NADIR. Maman elle veut pas venir, elle en a marre.

LE PÈRE. Ça veut dire quoi, elle en a marre? Si je pars, elle part, c'est tout! Elle a rien à dire. C'est elle qui t'a parlé, c'est elle qui t'a dit ça?

NADIR. Mais pas du tout...

LE PÈRE. Je sais elle parle derrière moi... Elle raconte des histoires, elle monte la famille contre moi.

NADIR. Elle a pas besoin de parler! Ça se voit qu'elle est épuisée, mais toi tu ne vois rien, personne ne voit rien!

LE PÈRE. C'est pas grave, si personne part. J'ai l'habitude, je suis venu ici tout seul, je repars tout seul! J'ai besoin de personne.

NADIR. Mais regarde dans quel état tu es! Si tu vas là-bas tu reviendras pas.

LE PÈRE. Et toi tu trouves ça normal? Ça fait combien de temps t'es pas allé là-bas? Faut pas oublier, c'est ton pays aussi!

NADIR. Non c'est pas mon pays, et c'est plus le tien! Maintenant il faut regarder les choses en face. Tu sais très bien ce qu'il se passe quand tu arrives là-bas. Les gens ne te comprennent même pas, et ils se moquent de toi quand tu parles avec ta langue des années soixante. Tu rentres dans un magasin ils te font payer le double ou le triple. Tout le monde sait que tu n'es pas du pays. Même le soleil est sans pitié. Il te rappelle qui tu es : un étranger. Il ne te brûle pas de la même manière ici et là-bas. Toujours ta bouteille d'eau dans le sac, parce que ton ventre ne supporte plus l'eau de là-bas. Tu te balades dans les rues que tu ne reconnais plus, alors tu tombes malade, tu t'énerves, tu t'engueules avec tout le monde, tu comprends plus comment les gens pensent et à chaque fois tu te dis : "C'est la dernière fois que je remets les pieds ici…" Il est là notre avenir, c'est ici, c'est là que ça se passe et pas ailleurs ! Sur cette terre qui m'a vu naître, où j'ai appris à lire, à écrire, à compter, à penser, cette terre on lui doit tout, et c'est pour elle qu'il faut se battre. Si tu es venu ici, c'est pas pour rien, ce n'est pas un hasard. Qu'est-ce que t'a donné ton pays, à part l'envie de fuir le plus loin possible ? Qu'est-ce que tu lui dois ? Rien, tu lui dois rien du tout ! Au fond de ta campagne, sans héritage, sans terre, sans argent, sans connaissance, tu avais rien ! Si tu étais resté là-bas, on serait en train de vendre des pastèques au bord de la route.

Long silence.

LE PÈRE. Toujours le même chien sauvage, je reçois les pierres sur la tête. Mais je suis pas encore mort !

Le père s'en va.

— 18 —

La mère, Mina et Hakim. Nadir est assis à la table où sont allumées plusieurs bougies. Il les regarde sans savoir comment réagir puis les éteint.

NADIR. C'est bientôt l'anniversaire de papa, il faut faire quelque chose.

MINA. Mais on n'a jamais fêté son anniversaire…

NADIR. Ça peut être une occasion.

HAKIM. Une occasion de quoi ?

NADIR. De se retrouver tous ensemble.

HAKIM. Mais on est déjà tous là.

LA MÈRE. Toujours tu veux faire des choses.

MINA. Tu veux faire quoi ?

NADIR. Une petite fête.

HAKIM. Tu vois papa faire la fête ?

NADIR. On peut imaginer quelque chose, on sort, on sort d'ici. On peut juste tous aller au centre-ville, on se balade, on prend un verre, on va au restaurant, au cinéma…

MINA. Pourquoi pas ? On n'est jamais allés au restaurant avec papa et maman. Si on y va tous ensemble, je prends des photos.

LA MÈRE. C'est cher ! Et tu sais pas qu'est-ce qu'il y a dans la marmite. Et puis, l'ascenseur, il marche pas.

NADIR. Je porte papa.

HAKIM. Après faut le remonter, non je suis fatigué.

MINA. Tu es fatigué de quoi ?

HAKIM. On va finir tard, on va rentrer comment ?

NADIR. En bus.

MINA. Attention, les bus après 21 heures, c'est mort.

NADIR. On prend le taxi.

LA MÈRE. Le taxi, c'est bien…

MINA. Ah oui, on a jamais pris le taxi.

NADIR. Impeccable je m'occupe de tout.

HAKIM. Mais maman, à six il faut deux taxis, tu imagines le budget de la soirée ?

NADIR. Je vous invite.

LA MÈRE. Non, non, laisse faut pas jeter l'argent.

MINA. Sinon, on peut regarder un film ici tous ensemble.

HAKIM. J'ai *Les Dix Commandements* sur mon ordinateur, il aime bien papa, il le connaît par cœur.

LA MÈRE. Tu mets la télé, moi je fais à manger. On reste ici, c'est mieux.

— 19 —

Le père est seul, un des petits jouets dans la main.

LE PÈRE. Quand elle est plus là ta mère. Morte. Quand la femme elle a porté toi dans son ventre, elle disparaît, c'est la terre elle s'en va toute, c'est fini. La maison disparue. Les cousines elles gardaient moi chez elles. Cinq ans, six ans, je rentrais, je sortais. Et personne il demande si le petit garçon il a mangé ou il a pas mangé. Personne il demande s'il a dormi, s'il a pas dormi, s'il a mal, s'il a peur et pourquoi il pleure le petit garçon. Comme le chien sauvage, personne il regarde toi, on jette les pierres à toi, pour tu dégages. La nuit tu dors dans l'arbre pour pas le chacal il te mange. Je pouvais disparaître, partir une semaine, ça dérange personne. Quand ta mère elle est brûlée, ton ventre il est vide. Mon père il rentrait du travail, il demandait il est où son fils, lui il demande à moi, si j'ai mangé bien. Toujours je réponds oui, pour pas je fais le problème avec la famille. Moi je voulais mon père il part au travail la tête libre. Je disais oui, parce que je savais quand je dis oui, il était content, il était heureux. Le rire de mon père dans ses yeux et mon estomac disparu.

— 20 —

Hakim et Nadir. Hakim répare le chauffe-eau, des outils autour de lui.

NADIR. Dans ta chambre les murs ils dégoulinent d'eau. Qu'est-ce qu'il se passe ?

HAKIM. T'as qu'à prendre un sèche-cheveux.

Un temps.

NADIR. Les gars avec qui je t'ai vu, c'est tes copains ?

HAKIM. Tu me surveilles maintenant ?

NADIR. Pourquoi tu t'énerves ?

HAKIM. Qu'est-ce que tu veux savoir ?

NADIR. Ils font quoi ? Ils travaillent ?

HAKIM. Pourquoi ? Tu veux les embaucher ?

Un temps.

NADIR. Depuis le temps, vous avez pas pensé à investir dans une caisse à outils ? Il est mort le chauffe-eau y a rien à faire.

HAKIM. Ça fait des années que c'est comme ça, il faut juste changer le brûleur c'est tout.

NADIR. Il y en a deux, ils sont passés du côté obscur de la force ? Qu'est-ce qui s'est passé ? Je me demande pourquoi, ils se sentent obligés de montrer à tout le monde qu'ils ont rencontré Dieu. Ils peuvent s'habiller normalement.

HAKIM. Tu veux dire comme toi ?

NADIR. J'essaye juste de comprendre ce qu'ils ont dans leur tête. Moi en tant qu'employeur, je vois deux mecs arriver comme ça, je leur dis bon les gars je vous offre le rasoir, mais la robe c'est pour maman. C'est quoi leur projet d'avenir ?

HAKIM. Depuis quand tu t'intéresses aux autres ?

NADIR. Toutes ces gamines quatorze, seize ans, qui se déguisent en Dark Vador. Genre, comment mettre toutes les chances de son côté pour réussir sa vie.

HAKIM. C'est quoi ton projet ? Qu'on soit tous athées comme toi, tous en costard cravate, qu'on habite tous au centre-ville ? On va tous s'appeler Félix, on va tous être chefs d'entreprise, que tout le monde se ressemble ? Comme ça le chômage de masse va disparaître complètement, plus de crise de logement, plus de problème nulle part et tout s'arrangera... ?

Un temps. Nadir se rapproche de la voisine.

NADIR. Qu'est-ce que tu regardes toi ? Qu'est-ce t'attends pour rentrer chez toi ? *(Brusquement, il se saisit du chauffe-eau et des outils. Hakim résiste, Nadir le repousse violemment. Ils commencent à se battre.)* Je vais appeler un professionnel. À un moment, il faut assainir tout ça, tout nettoyer en profondeur.

Le père entre avec les courses. Nadir et Hakim se figent. Nadir se précipite pour l'aider. La mère entre et pose sa marmite sur la table.

NADIR. Papa, c'est trop lourd ! Faut pas que tu montes les escaliers.

Il prend les sacs et aide son père à s'asseoir.

LE PÈRE *(hurlant)*. Laisse-moi tranquille toi !

Le père balance violemment la marmite par terre et s'en va dans sa chambre.

— 21 —

La mère, seule.

LA MÈRE. Comme dans le brouillard tu avances, tu sais pas ce qui se passe, tu avances. Comme la vache tu donnes le sein pour les enfants ils ferment leur gueule. Tu te dis demain, on sait pas, peut-être, on va mourir, alors tu avances encore un petit peu avant la fin, qu'est-ce qui va se passer… ? Il m'a dit : "Viens avec moi sur cette terre tout est possible", alors j'ai suivi, je suis partie la chienne, j'avançais derrière lui, derrière le maître, lui aussi, il savait pas où aller. Même Dieu il sait pas. Dieu il écrit trop d'histoires pour tout le monde, il a oublié d'écrire notre histoire. Dans la maison, dans le froid avec mes enfants, les yeux brûlés par la peur. Lui, il parle pas, rien du tout, après le travail, fatigué, il attend à manger. Alors, je lui sers à manger et il mange sans rien dire. Ni oui, ni non, ni c'est bon, ni rien du tout, il avale en silence. Il peut manger n'importe quoi, c'est pareil. Des fois je me dis : "Il va me regarder…" Dans ma tête il y a des choses qui se passent. À chaque fois c'est la marmite ! Je prépare et je tourne la grande cuillère, je vois les yeux de mes enfants dans la marmite. Je me dis : "Là au moins ils ont pas froid !" Je regarde ces bras que j'ai découpés un par un, les jambes flottent, je vois une tête avec plein de cheveux. Je vais lui donner à manger, il m'a fait venir pour lui donner à manger, il va manger notre histoire, qu'il se dise : "C'est le goût de mon histoire." Cette viande-là, c'est moi qui la fabrique, je la connais bien, tu vas manger ma spécialité, tu vas manger jusqu'au petit doigt et tu me diras ce que tu en penses ! Tu me diras le goût de notre vie, tu me diras jusqu'au bout, qu'est-ce que ça te fait quand tu manges ce que je te prépare, quand cette histoire rentre dans ton estomac, maintenant que je t'ai donné tout ce que j'avais, dis-moi si je sers à quelque chose ! Dis-moi au moins si je te nourris jusqu'au bout, dis-moi tout ça et réponds-moi ! Dis-moi ce que je fais là, qu'est-ce que je fais là à côté de toi ?

— 22 —

Nadir est seul, il sort un dossier. Puis des papiers qu'il reclasse.

NADIR *(agacé)*. Qu'est-ce que ça fait là ça… ? Mais c'est pas possible… C'est pas possible… C'est quand même pas compliqué de… *(La mère entre.)* T'as vu le chauffe-eau tout neuf ? C'est mieux ?

LA MÈRE *(froide)*. Ça va ? T'as bien dormi ?

NADIR. Impossible. Le sommeil c'est fini.

LA MÈRE. Tiens prends le café. Laisse, je débarrasse. *(On entend un coup de tonnerre violent. Nadir et la mère se figent. La voisine traverse l'espace avec une bougie.)* Toute ma vie, j'ai jamais vu le ciel noir comme ça !

Elle remet les papiers en vrac. Il se retient d'intervenir puis regarde quelque chose sur le front de sa mère.

NADIR. Maman, c'est quoi cette tache là ? Il faut que tu ailles voir un médecin.

LA MÈRE *(idem)*. Le médecin, il va dire quoi le médecin ? Le médecin il va dire : "T'es vieille, t'es malade, t'es moche, t'es fatiguée, tu vas crever, dégage." Il a raison.

NADIR. Mais tu peux pas rester avec ça.

La mère s'assoit, raide. Long silence.

LA MÈRE. Qu'est-ce que tu as fait à ton père ? Il me regarde comme il m'a jamais regardée, il veut plus sortir de sa chambre, il veut plus prendre son traitement. Qu'est-ce que tu lui as dit ? Maintenant il fume, c'est toi tu donnes les cigarettes, je sais. *(Silence. Glaciale, elle montre les papiers.)* Je t'ai dit de pas t'occuper de ça ! Tu comprends rien, tu écoutes personne !

Elle se lève et s'en va. Mina rentre avec une petite plante dans les mains.

MINA *(à Nadir)*. Regardez ce qu'elle m'a offert Yumi, ça s'appelle *Les Trois Amis de l'hiver*... *(La mère sort.)* Elle va bientôt partir, je t'explique pas l'ambiance en cuisine... Regarde c'est un porte-bonheur !

NADIR. Mais tu vis où là ? Tu vois pas tout ce chaos qui nous entoure ? Tu me parles de tes délires japonais. Avec tout ce qu'il y a à faire, tout ce qu'il faut réparer ici...

Il sort.

— 23 —

Mina, seule.

MINA. Partir... Partir loin d'ici... Tous les jours je passais devant, et tous les jours je me disais : "C'est la plus belle que j'ai vue de ma vie." En allant au travail, en revenant, pendant ma pause déjeuner, dès que j'avais un instant... Je m'arrêtais devant la vitrine pour la regarder. Des fois je partais en avance, je rentrais en retard, tout ça pour rester encore un instant de plus sur le trottoir d'en face et derrière la vitrine, je l'observais. C'était irréel ! Sa forme, sa coupe, sa couleur, elle était vivante avec ses petites broderies, cette lumière sur elle... Une robe, un petit bijou. Un jour, longtemps sous la pluie je l'observais, l'eau avait fini par traverser ma peau jusqu'à devenir une flaque, des frissons le long de mon corps, je sais pas pourquoi, j'avais envie de la bouffer. Et là... Devant moi, elle s'est mise à bouger toute seule, elle tourne légèrement, elle se déplace discrètement, personne ne remarque. Je me dis c'est ma récompense, pour ma patience... Elle me fait un signe. Et... Elle traverse la vitrine, la lumière du magasin envahit le trottoir, sous la pluie, elle se rapproche de moi, me caresse, m'enveloppe de son parfum, sa couleur se colle à mon regard, elle plonge au fond de mon œil, une eau douce au fond de ma bouche, ma tête tombe en arrière, on tourne elle et moi, maintenant elle me fait danser, on danse elle et moi, on flotte toutes les deux, au fond de l'oreille j'entends les gouttes de lumière qui claquent sur mon crâne, je me sens bien, elle et moi ensemble enfin… *(Un temps.)* Et pourquoi ça serait pas possible? Je travaille pour quoi faire…? J'ai traversé la porte du magasin, la vendeuse s'est approchée de moi et là je me suis mise à rire, à rire sans m'arrêter, un rire débile que je ne connaissais pas, je n'arrivais pas à parler… En sortant du magasin, je marchais dans la rue et me disais : "C'est trop facile, il y a un truc qui va pas, je me disais, pourquoi tu as volé ça?" Alors que je venais de la payer! Pourquoi j'aurais peur comme ça? Arrivée dans ma chambre, j'ai fermé la porte à clé, les volets. Le noir total… Je suis restée sans rien faire. Je n'osais plus la toucher. Et là, j'ai pris des ciseaux et j'ai commencé à la découper en petits morceaux. D'abord les manches, ensuite le tour du cou et j'ai fini par la déchirer entièrement avec mes mains. J'essayais de faire des morceaux de plus en plus petits. Elle était en lambeaux, un massacre, même le sac du magasin, déchiqueté. Morte devant moi. Il y en avait partout dans la chambre. Mais je me disais : "C'est pas grave, ma mère est là, je vais dire à ma mère de recoller les morceaux."

— 24 —

Nadir est seul, au téléphone.

NADIR. Mais réponds-moi! Réponds-moi! Réponds-moi!!

La voisine approche, un couteau à la main, le donne à Nadir et l'oblige à poser le couteau sur sa gorge, pour la tuer. Nadir recule, le couteau tombe à terre. La voisine disparaît.

— 25 —

Nadir est en train de trier des papiers. Hakim entre. On entend des chiens aboyer et des gouttes d'eau tomber. Nadir regarde autour de lui. Silence.

NADIR. Tiens je t'ai inscrit à ta formation. Regarde. *(Il lui donne un dossier.)* Tout est prêt. J'ai tout rempli pour toi. J'ai payé les frais de dossier, y a plus qu'à signer. Tu passes l'entretien lundi. *(Silence. Nadir se replonge dans les papiers.)* C'est quoi ces lettres, qu'est-ce que ça fait là, ça ?

Mina arrive.

MINA. Qui est-ce qui a touché à ma chambre ?

NADIR. C'est moi. C'est beaucoup mieux, tu respires maintenant. J'ai tout nettoyé, j'ai tout rangé. Il faut qu'elle reste comme ça, propre, impeccable, qu'elle sente bon, que ça respire la santé. Maman elle en peut plus tu sais, tu crois que c'est ta femme de ménage ?

MINA. Mais pour qui tu te prends ? Tu mets pas les pieds chez moi ! Je n'ai jamais rien demandé à personne, ça dérange qui ?

NADIR. Moi, moi ça me dérange. Ça m'oppresse. C'est le désordre, j'aime pas ça. Je n'arrive pas à comprendre comment tu arrives à vivre dans cette espèce de cave, ce garage, ce truc, cette poubelle. C'est impressionnant. Tu veux fonder un foyer ? Tu veux te marier ? Avoir des enfants ? Mais, commence par ranger dans ta tête. Tu devrais me remercier, je te rends service. *(Silence.)* À un moment il faut que quelqu'un te dise la vérité. C'est comme tout le quartier autour. On dirait que vous le faites exprès. C'est pas possible, c'est une maladie. Les papiers, les médicaments, les clés, moi j'ai tout rangé, et ça y est ça recommence. Là y a deux lettres qui viennent d'arriver, elles traînent. J'avais dit quoi ? Hein ? Tu peux me répéter ce que j'ai dit ? Est-ce que quelqu'un peut me répéter ce que j'ai dit ? J'ai dit : "On ouvre, on lit, on voit, on garde, on garde pas, on classe, on laisse pas les choses traîner. Sinon, elles s'accumulent, sinon c'est encore le bordel." Et là c'est à nouveau le bordel, ça recommence. Ça revient, c'est sans fin. Et là je peux pas, c'est pas possible de continuer comme ça. Il faut de l'ordre, il faut quadriller dans vos cerveaux sinon vous n'allez pas vous en sortir. À partir d'aujourd'hui, ça va se passer comme ça. Hakim tu vas t'occuper des courses. C'est toi et uniquement toi qui t'occupes de ça. Je ne veux plus voir papa ou maman monter les huit étages avec les courses. T'as le temps, t'es au chômage, t'as rien à faire, tu t'en occupes. Mina, toi c'est la santé : les ordonnances, les médicaments, les rendez-vous, c'est toi. Je ne veux plus que maman touche aux médicaments. Elle y connaît rien, elle va finir par l'empoisonner. Faut arrêter de s'appuyer sur elle, parce que c'est plus une jeunette, maintenant elle est fatiguée, elle est vieille, elle en peut plus. Et la voisine c'est terminé, on va la mettre dans une maison de retraite, il y a des gens payés pour ça. C'est pas un hospice ici. Donc maintenant je veux que tout le monde se concentre sur une chose, y a une seule priorité, c'est la santé de papa. Et ce soir, on va fêter l'anniversaire de papa. Parce que oui, c'est son anniversaire, aujourd'hui, il a soixante-dix-sept ans. Et vous êtes tellement barrés dans votre monde, vous êtes tellement montés sur vos rails que personne ne s'en est rendu compte. Tout le monde s'en fout. Alors on va fêter ça, ce soir je vais amener un gros gâteau. Et je veux voir tout le monde heureux, tout le monde sourire, je veux que ce soit la fête chez nous, je veux que tout le monde s'amuse.

Long silence. Tout le monde se fige. Des voix se font entendre, des chiens, des gouttes d'eau résonnent de plus en plus fort. Lentement l'espace se transforme, tout bascule dans un autre univers. Les voix de Hakim et Mina s'entremêlent.

HAKIM *(déchirant le dossier)*. Tu t'es trompé d'endroit. Les chiens que tu veux dresser, ils ne sont pas là. Ils courent dans ta tête. Ils aboient après des fantômes.

MINA. Et toi tu crois que nous sommes ces chiens à qui tu peux donner des ordres.

HAKIM. Tu veux nous tenir en laisse et nous emmener où tu veux.

MINA. On ne peut rien faire pour toi.

Hakim et Mina se saisissent des dossiers et répandent par terre tous les papiers classés, partout dans la maison. Une mer de feuilles se répand sur la scène.

HAKIM. Commence par dresser ces chiens dans ta tête. Avant de nous aboyer dessus.

MINA. On te tolère parce que tu es un invité. Chez nous, l'invité est sacré, on lui donne toujours raison et on lui donne le meilleur de ce qu'on a. Alors on t'écoute, on te laisse parler.

HAKIM. C'est pour ça qu'on se tait, parce qu'on sait que tu vas repartir.

MINA. Tu es un étranger. C'est toi qui es perdu. Tu ne sais pas où tu es ici.

HAKIM. Pourquoi tu es revenu ici ? Qu'est-ce que tu cherches avec tes chiens ?

Nadir regarde autour de lui. La voisine et tous les membres de la famille deviennent des ombres et semblent flotter autour de lui.

NADIR. Depuis le début j'essaie de vous aider. J'essaie de vous apporter tout ce que je sais, tout ce je connais, tout ce que j'ai appris. Pour vous tirer vers le haut. J'essaie de mettre de la lumière dans votre monde. Et tout ce que j'ai en face, c'est des gens qui ne comprennent rien. Avec vous rien n'est possible. Vous faites tout de travers. Comme si tout ce qui passait autour de vous ne vous faisait rien. Vous méritez tout ce qui vous arrive. Vous méritez la manière dont on parle de vous, comment vous êtes vus, vous n'imaginez pas une seconde l'image qu'on a de vous, tout ce qu'on raconte sur vous. Tout ce qui se passe autour, vous êtes déconnectés de la réalité. Vous vivez dans un monde parallèle, dans votre petite réalité. Mais ce n'est pas ça la réalité. La réalité c'est le monde qui est à l'extérieur, c'est la lumière que vous ne voyez jamais. Et moi je me tue à vous coller un masque d'oxygène sur la gueule, à vous réveiller, je me tue à vous remonter à la surface. Mais c'est l'inverse, depuis que j'ai mis les pieds ici, je m'enfonce. Plus je me débats, plus j'essaie de remonter à la surface, plus je coule. Des bras immenses qui m'engloutissent et me tirent vers le fond. Cloué au plancher, englué. Comme si j'étais condamné, je ne veux pas être condamné avec vous. Je déteste ce que vous faites de moi. Vous êtes collés comme des sangsues sur ma peau. Je ne veux pas être contaminé par votre moisissure. Vous voulez que je ramène Hélène et mes filles ici ? Mais

Hélène c'est terminé, c'est fini! Je divorce! Je DIVORCE! Vous entendez? Même ça vous êtes arrivés à le détruire! Mais mes filles, vous ne les toucherez pas! Jamais elles ne reviendront ici! Je ne veux pas qu'elles soient contaminées. Je ne vous laisserai pas détruire ce que j'ai de plus précieux! J'ai passé ma vie à vous fuir, à cracher ce que j'étais. Je ne veux plus être parmi vous, plus être de cette famille. Je n'ai rien à voir avec vous, je veux vous effacer, vous oublier. Je veux vous voir disparaître. Que vous soyez engloutis par les flots, que tout disparaisse autour de vous.

Sa voix continue de résonner. La voisine se rapproche, prend le bras de Nadir. Ambiance de cauchemar. Nadir marche accroché à la voisine, elle tient dans sa main une bougie. On entend des cris. Il aperçoit des silhouettes de femmes voilées, des dévots qui portent des seaux d'eau et des linges blancs. Autour de lui des ombres flottent. On entend des aboiements de chiens, l'eau continue de tomber. On entend la musique des deux jouets. Le père arrive au loin.

NADIR *(effrayé)*. Papa? Tu vas où?

Le père passe devant lui sans s'arrêter.

LE PÈRE. Là… Comment ça marche? C'est par où faut passer? La valise elle passe pas, ça coince. J'ai monté les escaliers, c'est fermé là-haut. Même pour descendre, c'est pareil, c'est fermé. Ils ont mis les chiens devant la porte, je peux pas passer. Pour sortir c'est comment monsieur?

NADIR. Pourquoi tu m'appelles monsieur?

Silence.

LE PÈRE. Vous êtes qui…? Non, non s'il vous plaît, je sais pas, je comprends pas. J'ai rien fait. C'est pas moi. J'ai tout payé. Laissez-moi tranquille.

NADIR. Papa…

LE PÈRE. Non! Laissez-moi, faut pas toucher moi. Je suis pas là. Tous partis, ils sont là-bas. Y a plus personne. Il est où ton père?

NADIR. Je sais pas…

On entend des aboiements de chiens.

LE PÈRE. Moi aussi je cherche lui, il a besoin moi, l'est fatigué, il faut je porte lui jusqu'à Dieu, mon père trouver les yeux parler à lui, avant la nuit elle vient. Je sais, c'est moi ou la valise. Alors je rentre dans la valise. Je suis pas lourd, je respire pas beaucoup. Toi t'es jeune, t'es fort, tu portes moi dans la valise. Comme ça je passe la porte, on me voit pas.

NADIR. C'est trop lourd.

LE PÈRE. Il faut je traverse avant elle se ferme, la porte. Faut pas je rentre la nuit chez moi. Avant le soleil il tombe dans l'eau, il faut je rattrape le soleil.

NADIR. Pour aller où ?

LE PÈRE. Tiens, le billet. *(Il fouille dans sa poche et en retire une poignée de sable.)* Comme ça tu montres, toi tu parles bien.

NADIR. C'est pas aujourd'hui, c'est pas aujourd'hui.

LE PÈRE. Monsieur ! *(Le père se dirige vers un dévot.)* Regarde le sang dans la bouche, il faut je rentre propre chez moi, il faut je nettoie les habits pour pas la valise elle est sale. Là-bas l'homme sur le bateau, il attend moi, en bas les escaliers, le feu dans les yeux, il passe moi l'autre côté, il va partir…

NADIR. Traverser les eaux, c'est trop loin, c'est trop lourd.

Nadir se met à pleurer.

LE PÈRE. Tu as peur ? Aide-moi, je nettoie le sang, comme ça je rentre dans la valise propre. Un homme, chef de la famille l'a pas peur ! Toujours droit, même le sang partout toujours droit, faut pas pleurer comme la femme. *(Il commence à le frapper.)* Faut pas pleurer… Il est où ton père ? *(Il le frappe à nouveau et de plus en plus fort.)* Il est où ton père ?

NADIR *(hurlant)*. Je sais pas !

LE PÈRE. Porte-moi vers la porte ! On va trouver les yeux ton père.

Nadir prend son père sur le dos, la voisine s'appuie sur lui, elle lui parle à l'oreille, ils avancent. On entend des cris, des chiens aboyer.

— 26 —

Quelques jours plus tard. Une marée de feuilles sur la scène. La mère est assise. Hakim est par terre, il confectionne des avions et bateaux avec les papiers, il joue avec des boîtes de médicaments. La voisine entre, elle dépose sur la table le drap blanc qu'elle déplie en partie. On entend Nadir geindre depuis sa chambre, la voisine regarde Hakim.

HAKIM *(à la voisine)*. Ça fait trois jours qu'il dort. Il n'arrête pas de crier… Il faudrait au moins qu'il bouffe quelque chose.

La mère va s'asseoir sur sa chaise.

LA MÈRE. Je savais faut pas il vient ici. Maintenant il parle avec les morts. Comme la bouche de l'enfer, cette maison elle avale tout, elle avale mon fils. Maintenant il est malade et moi je peux rien faire pour lui. Et sa famille elle est cassée.

HAKIM. Il divorce, mais c'est pas la fin du monde, il y a plein de gens qui divorcent et ça se passe bien.

LA MÈRE. Toi tu comprends rien.

HAKIM. Tout de suite la tragédie, ça y est on va tous mourir. Dieu va être en colère. Ils se séparent ! Elle est pas morte sa femme ! En fait vous adorez pleurer. Il faut souffrir. Comme des drogués, vous avez besoin de votre dose de douleur, sinon ça va pas. De toute façon même quand ça va bien, ça va pas. Une bombe qui vous tombe sur la gueule, ça oui, c'est bien : c'est la guerre. On est habitués, on connaît, ça rassure ça au moins, le chaos, on adore, on maîtrise. *(Le père entre. Il fume.)* Ça va papa ?

LE PÈRE *(glacial)*. Pourquoi, t'es médecin ?

Le père va s'asseoir à côté de la mère. Ils se regardent. Silence.

HAKIM. Je me demande si ça existe les familles normales ?

Mina entre.

MINA. Ça y est, l'ascenseur remarche ! Mais pour l'instant il fait que descendre.

Elle ouvre les rideaux et les fenêtres.

LA MÈRE. Laisse fermé !

MINA. Tu peux arrêter de fuir sans cesse la lumière ! Elle ne va pas te brûler. On dirait un vampire.

HAKIM. Finalement c'est une excellente idée de lui avoir demandé de venir à Monsieur Propre. Ça a remis tous les compteurs à zéro. Les choses sont dites on ne peut plus clairement. Regarde, tout est rangé, net, à sa place. Je me sens plus léger. C'est comme quand tu te prends un coup de poing dans la gueule et que le mec il te fait sauter une carie.

Silence.

MINA. Il faut qu'il parte.

Nadir sort de la chambre. Il s'arrête devant la voisine, la regarde. Il s'assoit entre le père et la mère, perdu. Gêne de tout le monde. Long silence.

HAKIM *(à Mina)*. T'as une tête, on dirait que tu sors d'une machine à laver.

Un temps.

MINA. Hier soir j'ai vu un documentaire… Sur les poissons… Les saumons… Le saumon en fait c'est un poisson qui remonte les rivières à contre-courant pour retrouver sa source d'origine. Et à force de remonter à contre-courant, t'en as la moitié qui crève. Et tout ça pour quoi à ton avis ? Pour se reproduire ! Comme si y avait pas assez de femelles dans la mer ! Qu'est-ce qui leur prend de remonter à contre-courant comme ça ? Et tout ça sur des centaines de kilomètres. Alors que le courant il va dans un sens, tu le prends, tu vas à la mer et là tu profites de la vie, relax… Non, lui, pendant deux ou trois ans, il s'adapte à l'eau salée de la mer et après il veut retourner en eau douce, il doit se réadapter à l'eau douce. J'ai l'impression que le saumon, c'est un poisson qui cherche des problèmes. À force de remonter à contre-courant, il se prend des pierres, des branches dans la gueule, il tombe dans des pièges, et tous les prédateurs autour, les ours, les loups, ils attendent que ça ! Et lui, plus c'est difficile, plus ça l'intéresse. Il ne cherche pas à comprendre, il veut remonter vers sa source. En fait il a mémorisé le goût de l'eau de la source où il est né… Et à la fin… Comme un con, il meurt.

Long silence.

HAKIM *(chantant)*. "Au camping des flots bleus / J'me traîne une tonne de cafard / Si j'avais bossé un peu / J'me serais payé une guitare…" Franchement pourquoi on n'irait pas faire un stage de zen tous ensemble ? On part trois semaines en famille, on va manger des pissenlits, il paraît que ça désintoxique l'organisme. On prend une botte de pissenlit chacun, trois tisanes, une compote, on se pose au bord d'une rivière, on se cale contre un arbre, et on bouffe de la nature, on respire du grand air frais… Je vous garantis, on revient on est tous bouddhistes.

Nadir pose sa tête sur les genoux de sa mère. Elle lui caresse les cheveux.

LA MÈRE. Ta femme, elle a téléphoné ici. Elle veut tu rappelles.

— 27 —

Nadir et le père.

NADIR. Je revois mes petites chaussures dans la boue et ces gouttes de pluie à travers notre plafond de papier, ces gouttes résonnent encore au fond de mon crâne. Des marmites d'eau chaude où baignent tes vêtements de travail, le feu, cette vapeur brûlante, l'odeur de ta poussière, l'impression de descendre au fond de tes mines de ciment. Je revois ces petites baraques en carton autour de nous, du plastique. Les chiens sauvages qui aboient, des petits garçons courent après un ballon de chiffon. Des plats épicés, des morceaux de mouton circulent d'une famille à une autre pour fêter la naissance de Hakim. La file d'attente avec toi aux bains douches, un morceau de savon dans la main, la serviette dans mon cartable, la musique des ciseaux, un ouvrier joue au coiffeur le temps d'un dimanche.

LE PÈRE. Je veux pas les fantômes ils te mangent la tête.

NADIR. Quand tu as trouvé la maison ici c'était le paradis... Moi... Je voulais du solide, la construire de mes propres mains. Trois années, sans arrêt. Je me disais : "Toute ma vie n'a été qu'un brouillon, un essai sur un papier froissé. Le jour où j'ouvrirai la porte d'entrée, tout ce que j'étais auparavant disparaîtra. Là, je serai enfin en sécurité. Les travaux terminés, le ciel bleu autour de nous, la terrasse, le jardin : le paradis comme tu ne peux même pas l'imaginer." Mes petites filles courent d'une pièce à l'autre, leurs rires résonnent partout dans notre nouvelle maison, je regarde Hélène, elle me sourit et je me dis : "Tout va s'effondrer."

Long silence. Le père prend la main de son fils.

LE PÈRE. Là-bas... Je sais c'est fini. Ta mère elle a raison, c'est mieux oublier. La terre avale les racines en silence, les arbres tombent un par un, ils disparaissent loin dans la mémoire, ils sont morts. Maintenant j'entends la hache taper dans le cœur.

NADIR. Papa... On va faire le voyage ensemble.

Silence.

LE PÈRE *(très gêné).* Laisse, c'est mieux oublier...

NADIR. Moi je viens avec toi. On va visiter un peu le pays, je ne le connais pas du tout, je ne connais rien. Connaître l'histoire ensemble, lui et moi. On va voir la famille, apporter un peu d'eau pour les prières du cimetière, parler avec la maison des ancêtres, donner à boire aux racines... Je ne veux plus oublier...

— 28 —

Nadir, Mina et la mère entrent. La mère, deux valises vides à la main.

LA MÈRE. Comme la chienne je crie, mais personne il écoute. Sourds comme le bois, ton père et toi c'est pareil.

NADIR. Elles sont trop vieilles ces valises, il faut en acheter des nouvelles.

LA MÈRE. Quand vous décidez quelque chose tout le monde il doit fermer sa gueule.

NADIR. Avec tout ce qu'il veut emmener, ça ne tiendra pas.

LA MÈRE. C'est trop lourd, comment tu vas porter tout ça? Et ton travail? Tu crois tu es à la retraite? Ta vie, ta santé, tes filles, ton argent! Ton père il pense pas à tout ça, toi il faut tu penses à toi. Toute la vie tu aides les autres, tu aides la famille, mais toi, qu'est-ce qui reste pour toi? Si tu vas là-bas tu reviendras pas pareil. Il faut oublier, y a plus rien là-bas. Partir, toujours partir. Moi je veux mourir ici avec mes murs qui me connaissent par cœur. Ces murs qui m'ont vue pleurer, qui m'ont vue rire, qui ont vu mes enfants grandir, qui m'ont vue parler toute seule comme le hibou la nuit, elle est là ma maison. Depuis tu es venu ici, tu as mis le feu dans ma tête.

MINA *(à Nadir)*. Pourquoi tu ne l'écoutes jamais quand elle te parle?

Nadir prend sa mère dans ses bras. Il lui parle doucement.

NADIR. Si je t'avais écoutée je ne serais pas parti d'ici. Si on t'écoutait on serait tous en prison avec toi, personne ne sortirait d'ici, personne ne ferait rien, on resterait collés à côté de toi, à manger et dormir toute la journée et Dieu ferait le reste.

Le père entre. Il tend un sac à sa femme.

LE PÈRE. Regarde la robe, ça va pour ta sœur? *(La mère sort deux robes.)* Celle-là, elle est trop petite pour elle.

LE PÈRE. Non, ça c'est pour toi.

LA MÈRE. Pour moi?

LE PÈRE. Tiens, regarde le parfum aussi. Essaie, si ça va pas je vais changer au marché. Va. *(La mère sort. À Nadir.)* Prends l'album photo. Toute la famille ici et là-bas. Comme ça j'oublie personne, tout le monde il part pour le voyage.

MINA. On n'a jamais vu toutes ces photos.

LE PÈRE. Ah ça sert à rien, tu connais personne.

MINA. C'est qui lui? On dirait Hakim.

LE PÈRE. C'est mon frère. Y a beaucoup ils sont morts. Tout ça c'est passé.

NADIR. Et là ?

La mère revient avec la robe, elle lui va parfaitement. Un temps. Les trois la regardent en souriant.

LE PÈRE. C'est bien. On dirait une jeune mariée. *(Il rit puis regarde l'album.)* Ah ! Lui, c'est monsieur Charles. Il était gentil, toujours on rit ensemble. *(À sa femme.)* Regarde monsieur Charles.

La mère regarde son mari, joyeux.

LA MÈRE. C'est grâce à lui on a eu l'appartement ici.

LE PÈRE. Il m'a aidé à remplir les papiers, il m'a aidé jusqu'au bout. Même la vaisselle, la table, la télévision, c'est lui il a aidé. Un jour il m'a prêté cinquante francs. Cinquante francs, c'est beaucoup d'argent. C'est les courses la semaine. Personne il te prête comme ça. Il a pas plus l'argent que moi, mais il a le cœur. Et deux jours après, il est mort. Je pouvais pas rembourser lui. *(À sa femme.)* Regarde, j'ai toujours les cinquante francs. Ça j'ai pas oublié. Comment je peux lui rendre maintenant ?

NADIR. T'inquiète pas, je m'occupe de tout. Allez, va mettre ton beau costume, et on va aller choisir les petits citronniers. Comme ça là-bas il ne manquera rien !

Hakim entre, réjoui.

HAKIM. Bon allez, je prends les choses en main là. Aujourd'hui, j'ai décidé qu'on allait tous faire un pique-nique. Il y a un parc magnifique pas loin d'ici, au bord du lac, on n'y est jamais allés. Aujourd'hui on joue à la famille parfaite. Tout le monde dehors, tout le monde en jogging, même la voisine. Il faut qu'on sorte d'ici, sinon on va tous se pendre. Alors, le principe de cette journée, c'est simple. Je m'occupe de tout, du début jusqu'à la fin ! Vous vous laissez bercer, vous vous occupez de rien, vous vous reposez sur moi, aujourd'hui c'est moi le patron. On va manger une spécialité que J'AI cuisinée, la voiture a été réparée par le garagiste. Aujourd'hui c'est Hollywood. On part toute la journée, on va bouffer de l'oxygène.

LA MÈRE. Pourquoi tu veux manger dehors ? C'est pas propre, y a les chiens de partout.

HAKIM. C'est un parc interdit aux chiens, interdit aux rats, interdit aux blattes.

LA MÈRE. Qu'est-ce qui se passe, t'as mangé les médicaments de ton père ?

HAKIM. Non ! Mais j'ai peut-être trouvé du travail ! Bon c'est payé au lance-pierre, normal. Mais si ça marche, je sens que je vais pouvoir inventer plein de concepts. C'est une boîte qui développe des systèmes de sécurité informatique pour les entreprises, les établissements publics, les maisons individuelles… Le patron il m'a fait bosser toute une journée, il m'a pas lâché une seconde et à la fin il m'a dit : "Toi je veux te revoir, rendez-vous demain matin."

La voisine entre avec deux seaux d'eau, personne ne la remarque, elle les pose. Elle allume une bougie.

LA MÈRE. Ça veut dire tu vas partir de la maison ? Tu vas partir quand ? *(Hakim hausse les épaules.)* Tu peux rester encore ici un peu, comme ça tu économises le loyer.

HAKIM. Mina, on pourrait inviter ta Japonaise… ?

MINA. Maman ce n'est pas sûr encore ! Et il faut bien qu'on parte un jour.

LA MÈRE. Sa chambre vide, je vais faire quoi moi… ?

NADIR. Ça fera une chambre pour tes petites-filles, quand on viendra en vacances ici.

Silence. Le père se lève.

LE PÈRE. Bon allez tout le monde, on va manger dehors !

LA MÈRE. Non je veux pas. *(La voisine prend le bras de la mère qui proteste faiblement et l'accompagne jusqu'à la porte.)* Tu manges par terre comme les animaux, tout le monde il te regarde, il te surveille. Pourquoi tu veux manger comme les pauvres ? Ici, y a tout, y a la table, la chaise, on mange normalement. *(La voisine la confie à Mina pour sortir avec Hakim et Nadir.)* Ton père et moi on a mal aux genoux, la tête, on peut pas assis par terre…

La voisine se retourne vers le père resté seul. Ils se regardent. Long silence. Elle éteint la bougie et la lui tend. Il tombe.

— 29 —

Les papiers jonchent toujours le sol. Nadir et Hakim sont assis, perdus. Mina sort de la chambre des parents.

MINA. Il a du mal à respirer… On va pas le laisser comme ça, il faut faire quelque chose…

NADIR. Il n'y a plus rien à faire Mina…

Mina va s'asseoir puis attrape une feuille qu'elle déchire en petits morceaux.

HAKIM. Il est mieux avec nous… Il faut peut-être aller chercher l'imam ?

Il se lève, Nadir l'arrête et le prend dans ses bras.

NADIR. Je vais y aller. *(Il s'apprête à sortir tandis qu'Hakim commence à ranger les papiers. Nadir s'arrête devant la porte.)* En fait il va faire quoi l'imam ?

HAKIM. Il va rester seul avec papa pour ses derniers instants, pour les prières et la toilette funéraire.

NADIR. On va laisser papa tout seul avec lui jusqu'à la fin ?

HAKIM. Je pense qu'il nous autorisera à rester si on veut.

Nadir va pour sortir. Il se retourne.

NADIR. Autoriser ?

HAKIM *(des papiers plein les mains)*. Qu'est-ce qu'on va faire de tout ça ?

MINA. Il faut les faire disparaître, on peut pas laisser la maison comme ça.

NADIR. Donc, il va lire des prières à papa, jusqu'à la fin… D'accord… Il va faire ça dans quelle langue ?

HAKIM. En danois !

NADIR. Donc on va faire venir quelqu'un qu'on ne connaît pas, pour parler à papa dans ses derniers instants, dans une langue que personne de la famille ne comprend ? C'est bien ça ?

Silence.

HAKIM *(des liasses de papiers dans les mains)*. Là, on va arrêter de se poser des questions… *(Il commence à cacher les papiers n'importe comment un peu partout dans les meubles.)* Faut qu'on soit un peu présentables.

NADIR. Pourquoi tu les lis pas toi, les versets du Coran ?

HAKIM. Qu'est-ce que tu racontes ? Tu sais bien je sais même pas lire l'arabe, alors encore moins l'arabe du Coran.

NADIR. Peut-être que lui non plus ne la comprend pas. Y en a plein qui récitent sans rien comprendre.

HAKIM. Je ne te parle pas de ceux qui s'improvisent religieux… Lui, on le connaît, c'est quelqu'un de bien.

MINA. Pourquoi tu cherches toujours des complications ?

NADIR. Est-ce qu'on a vraiment besoin qu'on nous dise ce qu'on doit faire ?

MINA. Laisse, je vais le chercher moi. Et arrête de nous empoisonner l'oxygène, viens nous aider à ranger.

Elle se dirige vers la sortie. Nadir l'arrête.

NADIR. Peut-être qu'on n'a pas besoin de lui, peut-être qu'on n'a besoin de personne.

MINA. Pourquoi tu dis ça ? On lui a déjà demandé. Il vient exprès pour nous. Tout le quartier est au courant. Tu veux qu'on passe pour qui ?

NADIR. On pourrait s'inventer un moment à nous. Dans notre langue à nous. Peut-être que tout n'est pas écrit dans les livres.

HAKIM. Maintenant tu arrêtes. On va tout nettoyer avant qu'il arrive.

NADIR. Vous nettoyez pas, là, vous mettez la poussière sous le tapis.

MINA. Tu vas inventer quoi ? On ne peut pas arriver comme ça, foutre un coup de pied dans les croyances, et dire avec moi ça va se passer autrement, d'accord ? On n'enterre pas un homme comme on enterre un animal ou un objet. Ce n'est pas avec notre petite vie là, au milieu de nulle part, qu'on va inventer de nouvelles règles. Tout le monde a toujours fait comme ça autour de nous. Ces gens-là, ils savent, ils sont là pour ça, pour l'accompagner. Pour lui ouvrir la voie.

HAKIM. Toutes ces règles qu'on ne connaît pas… Comme la toilette funéraire… Il faut que le corps soit orienté vers La Mecque.

MINA. C'est complètement nouveau pour nous, on découvre tout. Il ne faut pas qu'on fasse d'erreurs.

NADIR. Des erreurs ? Tu ne crois pas que Dieu est plus grand, plus haut, plus large que ça ? Tu ne crois pas que papa avec la vie qu'il a eue, il a largement gagné sa place là-haut ? Toute une vie serait condamnée parce qu'on n'aurait pas fait les bons gestes, formulé les bons mots aux bons moments ?

MINA. Je pense juste à papa, dans l'état où il est, il faut lui donner tout ce qui peut le rassurer.

NADIR. On n'en a jamais parlé avec lui… Papa il ne nous a jamais emmerdé avec la religion, pour lui la priorité c'était l'école, le travail. Il nous empêchait de faire le Ramadan pour garder toute notre tête et bien travailler. "Occupe-toi de l'école, je m'occuperai de Dieu." Voilà ce qu'il disait.

HAKIM. Il avait cette force parce qu'il savait que Dieu était avec lui. Toutes les humiliations qu'il a subies, sans jamais se plaindre, parce que Dieu était dans son ventre. C'est pour ça qu'il est arrivé à tenir debout.

NADIR. C'est aussi parce qu'il avait maman et nous trois, sinon ça ferait longtemps qu'il ne serait plus là. *(Un temps.)* Toute une vie pour se retrouver et l'abandonner entre les mains d'un inconnu ! Je ne peux pas, j'y arriverai pas, c'est plus fort que moi. Il faut qu'on soit avec lui, ensemble. Qu'on ne nous vole pas ce dernier moment-là. Il a toute l'éternité pour être entre les mains de Dieu, mais avec nous il ne lui reste que quelques instants. *(La mère entre. Elle s'assoit. Silence. Mina, Nadir et Hakim se regardent.)* C'est à maman de décider, on fera ce qu'elle voudra.

Silence.

LA MÈRE. Un jour, il est venu à la maison, il a rencontré mon père, il a voulu me parler. Je lui ai dit pourquoi tu veux te marier avec moi ? Je suis la vieille de la famille. Prends une de mes sœurs, elles sont plus jeunes, c'est mieux. Il m'a dit : "Non, c'est toi je veux, c'est pas tes sœurs." C'est la première fois on me parlait comme ça. J'ai vu dans ses yeux, il me voulait moi. C'est la première fois que quelqu'un me voulait.

— 30 —

La mère, Mina et Hakim. La voisine est en retrait. Nadir est seul. Le père, pieds nus, entre en costume, une valise à la main. Nadir se rapproche de son père et lui prend le bras.

LE PÈRE *(très calme)*. Ça y est je suis prêt. C'est bien la nuit, personne il me voit. Partir la nuit sans faire de bruit. Tu as pris les billets ?

La voisine déplie entièrement le drap blanc sur la table. Durant le reste de la scène elle dispose les seaux autour de la table et allume des bougies.

NADIR. J'ai déjà tout le matériel : les outils, les portes, les câbles, l'électricité, les tuyaux. J'ai même de l'herbe verte.

LE PÈRE. J'ai vu, dans le magasin, des fenêtres pas chères.

NADIR. Ta maison, on va lui faire de jolis yeux, des grands yeux transparents. On va entièrement la refaire, elle aura une peau magnifique, une belle bouche avec du vrai bois. Son ventre ne sera plus vide, on entendra le rire de tes petites-filles, elles diront : "Ça, c'est la maison de grand-père."

LE PÈRE. Pas trop grands les yeux, sinon le soleil il brûle.

NADIR. Des volets couleur de ton ciel, comme ça elle aura aussi de belles oreilles, on va la transformer, elle va ressembler à une petite princesse.

LE PÈRE. Toi et moi, on travaille. On achète la voiture, le matin on vend les légumes au marché, l'après-midi on répare la maison.

NADIR. Il faut de l'eau pour les arbres.

LE PÈRE. Je sais où il y a l'eau, j'ai dit à personne, mais je connais l'endroit. Moi je te dis, et toi tu trouves l'eau. *(On entend des gouttes d'eau tomber de plus en plus fort.)* Mon père il m'a montré la source derrière l'arbre à côté de la maison, à côté des pierres qui parlent, il m'a donné le secret, il m'a dit : "Là il y a l'eau pour toute la vie." Toi et moi, on peut faire revivre le paradis *(Le père se déshabille lentement et se glisse sous le drap blanc.)* Tu creuses et moi je rentre loin dans le trou pour je retrouve la source de mon père. Quand tu creuses, il faut pas écouter les pierres qui parlent, elles répètent ce que tu dis, avec le soleil elles sont devenues folles, elles savent l'eau est dessous, elles sont comme des petites filles assises sur la tombe de leur mère, elles crient en silence, elles sont les gardiennes des morts, elles connaissent la terre qui a bu trop le sang. Si tu les touches, elles te coupent, si tu parles, elles se moquent de toi. Elles sont plus fortes que toi parce qu'elles connaissent ton histoire, alors baisse les yeux et creuse. Quand je trouve la première eau, toi et moi on arrose les pierres. Les pierres boivent beaucoup d'eau, elles boivent pour leur cœur il se refroidit, pour leur gorge arrête de saigner, avec l'eau on donne, elles pourront avoir des larmes pour pleurer. Si tu m'écoutes, bientôt on va les libérer. Les blessures laissent des cicatrices, dessinent les traces, dans l'eau les traces s'effacent et disparaissent. L'eau viendra laver l'histoire, l'eau viendra laver la peau des pierres, elles deviendront lisses et douces comme la jeune mariée, alors on pourra marcher toi et moi marcher pieds nus dans l'eau de notre histoire, elles te couperont pas, elles se moquent plus de toi et quand tu parleras elles arrêteront de répéter ce que tu dis.

Silencieuses elles te respectent. Même le poisson viendra poser ses enfants dans leurs mains. Je suis parti loin, mais les pierres parlent toujours, elles me racontent l'eau qui m'attend.

NADIR. Papa, regarde, tu oublies ça ! Les cinquante francs pour monsieur Charles… Pour le passage.

LE PÈRE. C'est bien, tu oublies rien.

Le père est allongé, les yeux fermés, mains croisées. La mère, Hakim et Mina s'approchent lentement. Chacun prend un seau d'eau, y plonge ses mains, fait ruisseler l'eau. Chacun à sa façon se mouille le visage plusieurs fois. Tour à tour ils plongent un linge blanc, l'essorent. On entend les gouttes d'eau qui envahissent l'espace puis des tremblements. Le bruit de la pluie devient assourdissant. Toute la famille s'approche du corps. La toilette funéraire commence. La voisine souffle une à une toutes les bougies. Noir.

DU MÊME AUTEUR

Une étoile pour Noël, ou l'Ignominie de la bonté, Actes Sud-Papiers, 2006.
Les vipères se parfument au jasmin, Actes Sud-Papiers, 2008.
Invisibles, Actes Sud-Papiers, 2011.
Immortels, Actes Sud-Papiers, 2014.

OUVRAGE RÉALISÉ
PAR L'ATELIER GRAPHIQUE ACTES SUD
REPRODUIT ET ACHEVÉ D'IMPRIMER
EN OCTOBRE 2018
PAR NORMANDIE ROTO IMPRESSION S.A.S.
À LONRAI
POUR LE COMPTE DES ÉDITIONS
ACTES SUD
LE MÉJAN
PLACE NINA-BERBEROVA
13200 ARLES

DÉPÔT LÉGAL
1re ÉDITION : JANVIER 2017
N° d'impression : 1804269
Imprimé en France